Die Autorin:

Silvia Urbschat wurde 1958 in Thüringen geboren und ist in Cossebaude bei Dresden aufgewachsen.

Sie absolvierte ein Studium zum Veterinäringenieur und arbeitete in diesem Beruf 10 Jahre lang. Danach wurde sie Arzthelferin und schließlich war sie fast 25 Jahre als Pharmareferentin im Außendienst tätig.

Nun ist sie im „Unruhestand" und hat neben vielen anderen Hobbys endlich die Zeit, sich einen Traum zu erfüllen. Sie schrieb ihr erstes Buch.

Seit vielen Jahren schreibt Silvia Urbschat bereits Gedichte und Geschichten. Sie lebt mit ihrem Mann in einem kleinen Ort in Südthüringen.

Silvia Urbschat

Runter kommt man immer...

Witzige Begebenheiten beim Erlernen des Skifahrens auf und neben der Piste

tredition®
www.tredition.de

© 2020 Silvia Urbschat
Umschlag, Illustration   Silvia Urbschat

Verlag & Druck: tredition GmbH, Halenreie 40-44, 22359 Hamburg

ISBN
Hardcover 978-3-347-07077-6
Paperback 978-3-347-07076-9
e-Book   978-3-347-07078-3

Inhaltsverzeichnis

Wie alles begann ...

Schneebedeckte Berge, herrlich weiße Bäume, Schneeflocken und dazwischen wedelnde Skifahrer, dieses Bild hat jeder im Kopf, wenn er oder sie ans Skifahren denkt.

Meine Skifahrergeschichte begann keinesfalls auf einer tollen Piste in den verschneiten Bergen irgendeines Skiparadieses – nein. Alles begann damit, dass mir meine Mutter ein paar Skischuhe in der Schuhgröße 42 kaufte.

Nicht dass Sie denken, ich hätte mit 12 Jahren schon Riesenfüße gehabt, keinesfalls. Ich sollte hineinwachsen! Schließlich bin ich ein geborenes DDR-Kind, da gab es Skischuhe in dieser Größe nur sehr schlecht, und es war immer besser vorzusorgen. Heute bin ich über 60, die Füße somit seit geraumer Zeit ausgewachsen, in diese Skischuhe habe ich aber leider nie gepasst. Ich habe heute noch Schuhgröße 39/40!

In unserer Gegend gab es einen kleinen Skihang namens „Waschbrett", schon der Name sagt, dass es sich um einen huckeligen Berg handelt. Ich fuhr dort nur mit dem Schlitten, und selbst das fand ich anspruchsvoll, denn das Berglein war gespickt mit Obstbäumen.

Obwohl das „Waschbrett" ziemlich kurz war, so war der Berg doch steil. Als Achtjährige fuhr ich einmal mit meinem Schlitten flott los, doch bald merkte ich, dass es nicht so einfach war, die Bäume zu umfahren.

Oh, oh! So kam es, wie es kommen musste:

Ich prallte mit dem Schlitten frontal an einen Stamm. Mein Schlitten bestand nun aus vielen Einzelteilen, die nur noch zum Verbrennen geeignet waren. Meinen Kopf zierte eine große Beule, die aber schnell wieder verschwand, nachdem sie in den verschiedensten Farben geleuchtet hatte. Ich dachte nur an meinen schönen Schlitten!

Das waren als Kind meine ersten Erfahrungen im Schnee.

Was sollte das nun mit Ski werden? Würde ich das Skifahren erlernen?

Meine Skifahranfänge machte ich an einem Hangweg, natürlich mit Holzski, Holzstöcken und verstellbaren Bindungen. Meine Mutti beobachtete mich bei den vielen kläglichen Versuchen, einen Hang von ca. 5% Gefälle hinabzugleiten. Ich lag leider mehr, als ich auf den Ski fuhr.

Sie erkannte die Realität und plante für mich keine große Skifahrerzukunft.

Aber sie wollte mir den Mut nicht nehmen.

Ich wohnte damals an der Elbe in Cossebaude bei Dresden, welches man zwar als schön, aber niemals als Bergregion bezeichnen konnte.

Wer wollte es meiner Mutter also verübeln, dass sie meine Interessen in andere Richtungen lenkte, und ich meine Ambitionen hinsichtlich des Skifahren´s schließlich aufgab. Meine Eltern hatten die sich redlich Mühe gegeben, mir das Skifahren beizubringen. Doch ihnen oder den fehlenden Bergen bei uns konnte ich nicht die Schuld für mein Scheitern geben.

Ich war kein Talent und wollte das Skifahren damals eigentlich auch nicht lernen. Doch da war ich noch ein Kind, an eine positive Entwicklung war also immer noch zu denken.

Langlauf ist auch Skifahren...

Ich mochte Schnee und Berge, und bin ein sehr geselliger Mensch. Warum sollte ich mein Glück mit Skiern nicht noch einmal probieren, schließlich war ich inzwischen eine erwachsene Frau und Mutter im schönen Alter von 36 Jahren.

Obwohl mir die Bretter noch immer suspekt waren, schloss ich mich mit meiner Familie 1994 einem Winterurlaubsabenteuer ins Tschechische Riesengebirge an.

Alle waren privat bei einer sehr netten Familie in Horny Branna untergebracht, das war erstens sehr günstig und zweitens hatten wir mit 3 Familien genug Platz, um uns zu treffen und gemeinsam zu feiern. Hilde und Erich, Verwandte von Kurt, kannten unsere Vermieter von vielen Wanderurlauben. Sie hatten schon immer dort gewohnt und waren mit ihnen befreundet. Also wurden wir sehr herzlich in der Familie aufgenommen.

Wir, das waren mein Mann Kurt und ich, sowie unsere Tochter Carolin. Immer dabei waren noch Hilde und Erichs Tochter Anke mit ihrem Mann Detlef und den Kindern Claudia und Daniel. Nach mehreren gemeinsam in Ungarn verbrachten

Sommerurlauben kannten wir uns sehr gut und freuten uns auf die Herausforderungen im Schnee. In den Folgejahren fuhren noch andere Bekannte mit nach Tschechien, ein jeder hatte dort seinen Spaß.

Riesengebirge wir kommen! Das Abenteuer konnte beginnen.

Der erste Schritt unseres Vorhabens begann damit, dass sich die ganze Familie mit Skiausrüstungen eindeckte. Wir hätten eigentlich auch die Möglichkeit gehabt, Ski und Schuhe auszuleihen, doch das kam nicht in Frage. Wenn man die Ausrüstung selber besitzt, gibt es schließlich dann keine Ausrede, sie nicht zu nutzen. Wir erlegten uns also selbst den Zwang auf.

Das Thema Skilanglauf begann ich erst mal in Gedanken durchzuspielen. Aber das war wohl schon ein Fehler, denn wenn man darüber nachdenkt kommt die Angst.

Plötzlich stand ich auf meinen Ski und erlebte die ersten Meter in der Welt der „realen Loipen".

Ich fuhr also erst mal nur geradeaus, immer in der Hoffnung, es möge kein Berg kommen. Das war ein frommer Wunsch, gerade dort ist das

Gelände bergig und bewaldet – eben Riesengebirge!

Ich übte und lernte und war stolz auf meine ersten kleinen Ausflüge.

Also fast wie bei den Profis, rechter Ski vor, Skistock einstecken und dann der linke Ski ebenso, irgendwann kam ich voran, ein Hochgefühl! Wenn ein Hang kam rief ich wie in Kindertagen beim Schlittenfahren:

„ Bahne frei – Kartoffelbrei !!! „

Die Tschechen wussten leider nicht, was ich wollte. Doch sie sahen, wie ich mich mit einer unvergleichlichen Haltung beim Skifahren bemühte. Nach jedem Sturz stand ich tapfer wieder auf.

Abends saßen wir immer zusammen, werteten den Tag aus und hatten viel Spaß beim Erzählen der Tageshöhepunkte. Ich war wie immer mal wieder der Knaller mit meinen Erlebnissen, das machte aber nichts, immer wieder war ich gern der Skiclown.

Einmal kam hinter uns auf gerader Strecke ein Loipen-Spurgerät. Normale Langläufer steigen elegant aus der Loipe und dann wieder hinein. Ganz anders ich, voller Panik warf ich mich samt Ski und Stöcken nach rechts in den Wald.

Schließlich hätte mich das Ding ja überfahren können. Man weiß ja nie!

Geschmückt mit Tannengrün, über und über voller Ästchen kam ich unter dem Gelächter meiner Begleiter wieder auf die Beine. Mir tat jeder Knochen weh, oh´ dieses Skifahren!

Schließlich stand ich wieder ordentlich in der Loipe, doch was sah ich dann? Da hinten ging es auch noch bergab!

Der Hang kam, ich war gut vorbereitet und fuhr tief gebückt in der Loipe.

Am Anfang ging es langsam und ganz gut, später wurde ich schneller und schneller. Dann hob es mich aus. Wie eine Schneekugel, ähnlich einer Lawine rollte ich den Rest des Berges hinunter. Unten angekommen tauchte ich mit meinem Gesicht tief in den weichen Schnee.

Die Ski waren noch an meinen Füßen, aber hoffnungslos verdreht, keine Chance wieder aufzustehen und so zu tun, als ob nichts weiter wäre.

Hilflos musste ich mit ansehen, dass da unten, genau an meinem Landeort ein Bus voller Rentner gehalten hatte. Hocherfreut stiegen sie aus und fotografierten mich als das Highlight ihres Tagesausfluges.

Ich dachte ja, ich sähe wenigstens mit meiner super tollen blauen, italienischen Sonnenbrille noch cool aus – doch das war nicht so! Meine schöne Brille war irgendwo im Schnee verloren gegangen. Peinlicher ging's nicht. Mein Mann sortierte erst mal meine Ski und stellte mich auf meine Füße, während die Zuschauermengen applaudierten.

Ich hätte im Erdboden versinken mögen!

Aber so was geht ja bekanntlich nicht. Also kämpfte ich mich auch an den nächsten Tagen weiter durch den Schnee. Mal mit ganz gutem Erfolg, manchmal umarmte ich nach flotter Abfahrt auch mal einen Baum am Weg. Es ging auf und ab mit meinem Können, aber ich gab niemals auf.

Ein Höhepunkt für mich war, als ein selbst ernannter Langläufer mit seinen Ski auf der Schulter einen zugegeben nicht gerade leichten Ziehweg an mir vorbei hinunterging. Zu Fuß!

Ich fuhr mit meinen Langläufern hinunter, zwar sehr langsam im Pflug bei gefühlten10 km/h, aber ich fuhr. Ich gratulierte mir selbst, denn meine Familie war schon eine halbe Stunde in der Baude und wartete auf mich mit dem Mittagessen. Aber sie waren des Lobes voll. Überhaupt, die Familie, sie spielte neben guten Freunden im Winterurlaub eine ganz besondere Rolle. Man lernte sich ganz neu kennen.

Hier waren Rentner plötzlich flotte Ski- oder Schlittenfahrer. Manch einer, der sonst der Überflieger war, stellte sich als total unsportlich heraus und unsere Kinder waren in der Loipe oder auf den Pisten die Größten.

Für alle aber galt es, diese Tage im Schnee zu genießen. Am Tag schaffte man sich an der frischen Luft, abends nach dem Duschen und einem gemeinsamen Abendbrot wurde gespielt und geschwatzt - herrlich.

An jedem Morgen gab es dann beim Frühstück hausgemachte tschechische Spezialitäten. Toll hergerichtete Wurst und Käseplatten und sauer eingelegtes Gemüse. Für die süßen Leckermäuler gab es auch etwas Feines, gefüllte Palatschinken mit Schokocreme oder Blaubeeren! Eine Delikatesse! Mir sind besonders die hervorragenden Toasts in Erinnerung geblieben:

Weißbrot getoastet, darauf eine Senfcreme, gebratener Schinkenspeck und obenauf lag ein herrlich pochiertes Ei!

Besonders verwöhnt wurden wir nach abendlichen ausgiebigen Feiern, wie Silvester oder Fasching.

Dann kamen wir bei einem späten Frühstück in den Genuss einer weiteren tschechischen Tradition. Es gab eine leckere „Katersuppe" - eine deftige Sauerkrautsuppe, sie war wirklich lecker.

So gestärkt konnten die Skitage beginnen!

Wir waren zwar nicht jedes Jahr, aber doch insgesamt sieben mal im Riesengebirge zum Winterurlaub, es war eine tolle Zeit. Doch nicht nur Skifahren war angesagt, auch Schnee-ballschlachten, Schneemannbauen oder Pferde-schlitten fahren. Bei der Schlittenfahrt hatten wir einen Fahrer, der aussah, als wäre er dafür geboren, groß gewachsen, lange blonde Locken und mit einem langen Ledermantel bekleidet, so stellten wir uns einen Pferdehirten vor!

Wir machten auch Skiwanderungen, wobei unser Familien-Wanderführer Detlef zwar gut Skifahren konnte, aber niemals wusste, wo er sich eigentlich befand. Jede Tour wurde eine Überraschung. Wann und wo würden wir wohl ankommen? Jeder, der diese Touren freiwillig mitfuhr, hatte schon im Voraus eine Tapferkeitsmedaille verdient.

Mit nassen Sachen und manchmal Tränen der Erschöpfung in den Augen kamen wir daheim an. Doch die Klamotten waren manchmal nicht nur schweißnass. Detlef´s Freund wollte der Schnellste sein in der Loipe und sah nicht, dass hinter einer Kurve ein Bach kam. Er fuhr und flog samt Ski mitten hinein. Tropfend vor Nässe und zitternd vor Kälte machte er sich dann auf den Heimweg!

Unsere Hilde, damals schon Oma, blieb während unserer Urlaube eisern beim Schlittenfahren. Sie hatte ihre ganz spezielle Technik und fuhr damals sogar mit dem Schlitten auf den steilen Skipisten. Und obwohl die Skifahrer sie des öfteren beschimpften, fuhr sie selbstbewusst mit dem Skilift bergauf und hatte sehr viel Spaß.

Erich, Hildes Mann und damit der älteste unserer tollen Skitruppe, war ein sehr guter Skifahrer. Bis heute erinnere ich mich an seine aufmunternden und hilfreichen Ratschläge. Er musste mir auch bei vielen Stürzen helfen. Erich war auf der Piste ein echter Hingucker. Er war der Größte und der Clou war sein bunter Dederon-Skianzug, er trug ihn immer! Heute wäre dieser Anzug schon wieder topaktuell, retro!

Überhaupt, wir waren damals alle recht sonderbar angezogen, wenn man die heutigen Maßstäbe anlegt. Kurt trug mit Stolz seinen lila-bunten Jogginganzug, ich hatte einen grasgrünen Pullover und eine blau-lila Wetterhose als Standart-Skibekleidung. Dazu natürlich bunte

Stirnbänder, dass wir unser damals langes und dauergewelltes Wallehaar zeigen konnten.

Um die Bekleidung ging es auch an den Nachmittagen, oft gingen wir damals nach Vrchlaby zum Einkaufen.

Kleidung, Glas oder andere schöne Sachen gab es in Tschechien sehr günstig. Auch das Schuhgeschäft war immer wieder unser Anlaufpunkt. Dort merkte ich wie klein die Welt doch ist.

Von meiner Studienkollegin Iris kannte ich die ganze Familie. Auf einmal sah ich ihren Sohn im Geschäft, also die Ohren auf, und schon hörte ich sie – Iris! Mit ihr hätte ich im Skiurlaub überhaupt nicht gerechnet. Sie schrie gleich begeistert „Otti" und ich nannte sie wie in unserer Studienzeit „Tüte".

Das waren während des Studiums zum „Veterinäringenieur" bis 1981 unsere Spitznamen. Wir hatten ins nie aus den Augen verloren, denn wir wohnten damals gemeinsam in einem Internat. Und unsere zwei Seminargruppen machen bis heute jährlich ein Semi-Treffen mit unseren Familien. Das sind inzwischen schon 39 Jahre, ich finde es bemerkenswert und wunderschön!

1998 war so eine Überraschung in Tschechien im Schuhladen war natürlich etwas Besonderes.

Dann ging es wieder zum Skifahren!

Wir genossen diese Urlaubstage, wurden in unserer Privatpension sehr verwöhnt und auf den Bergen gab es immer genug Schnee. Jeder Skitag war eine neue Herausforderung. Einmal fuhr ich mit Anke eine schöne, uns bekannte Langlaufrunde. Wir nahmen uns Zeit, fuhren vorsichtig und riefen an jeder abfallenden Kurve schon mal ganz laut:

„Achtung, wir kommen".

Es war schön, die Wälder tief verschneit und wir hatten trotz mangelnder Fahrkünste einige Erfolgserlebnisse. Wir schnauften tapfer bergan und genossen von oben die herrliche Landschaft.

Dann kam eine sehr lange Abfahrt, ich war sie schon öfters gefahren und fuhr nun in der Loipe begeistert bis hinunter. Anke war noch unsicher, sie stieg mit wedelnden Armen aus der Loipe, als es ihr zu schnell wurde. Doch auch neben der Loipe wurde das Fahren nicht leichter, so stürzte sie unterwegs wie ich es aus der Ferne sah.

Auf einmal waren da nur noch Schneewolken, wo sich vorher noch Anke befunden hatte. Sie erhob sich aus dem Gewirr von Ski und Schnee.

Einen stark verbogenen Stock weit von sich haltend kam sie humpelnd bei mir an. Ein Glück, sie konnte noch laufen! Der Stock sah so spektakulär aus, dass es ein Wunder war, dass Anke´s Rippen nicht gebrochen waren.

Der Ärger kam aber von anderer Seite. Glücklich bei unserer Gruppe angekommen zu sein, wurde Anke mit Vorwürfen empfangen.

Hilde hatte ihre Enkel Claudia und Daniel im Schlitten beaufsichtigt, sie hatten geschlafen. Doch als sie wieder in den Schnee wollten, stellte sich heraus, dass Anke seit 3 Stunden die Schuhe der Kinder in ihrem Rucksack „spazieren" fuhr. Es war sicher eine schwierige Aufgabe, Kinder im Schnee stundenlang ohne Schuhe zu beschäftigen. Doch an so etwas konnten wir in unserer Situation natürlich nicht denken.

Nach unserer Schwerstarbeit in der Loipe gab es dann erst mal eine Belohnung, ein Glühwein an der Hütte oder gleich ein leckeres Mittagessen in einer der vielen guten Gaststätten in Tschechien. Unseren Männern hatten es die leckeren Böhmischen Knödel mit allerlei Fleischgerichten angetan. Wir dagegen aßen Schnitzel und Pommes, die Kinder gleich ihre Palatschinken mit Eis.

So gestärkt konnte es am Nachmittag weiter gehen, für mich hieß es weiter üben, üben, üben... !

Natürlich stürzte ich trotz Übens immer wieder einmal und manchmal taten mir auch alle Knochen weh. Doch da war ich ja nicht die Einzige, Anke litt sehr an ihren geprellten Rippen.

Wir hatten aber auch jeden Abend die abenteuerlichsten Geschichten zu erzählen. Irgendwann in einer Sauna sah mich unsere Wirtin an und sagte:

„Silvia du hast auf dem Po einen Stempel von Horny Branna – unserem Wohnort". Ich sah es dann im Spiegel, ein riesiges tiefschwarzes Hämatom.

Als wir uns sicherer auf unseren Ski fühlten, fuhren wir auch größere Ski-Touren durch die Berge. Manchmal ging es von Baude zu Baude, auch auf dem Kamm des Gebirges an der Grenze zwischen Tschechien und Polen entlang. Oder wir fuhren nach Harrachov, um den Skispringern zuzuschauen. Die Schneekoppe, den höchsten Berg des Riesengebirges, besuchten wir natürlich auch, es war herrlich im Sessellift über den Schneemassen zu schweben.

Irgendwann wurde es für unsere Männer in der Langlauftruppe zu langweilig, also begannen sie mit ihren Langlaufski die Abfahrten hinunter zu fahren. Die Geschwindigkeit war damit leider nur schwer zu kontrollieren, so kam es zu schmerzhaften Stürzen. Wir wollten es nicht riskieren, sie ins Krankenhaus bringen zu müssen, deshalb waren wir uns einig. Die Männer durften nur mit der richtigen Ausrüstung auf die Skipisten!

Kurt, Detlef und Erich kauften sich nun Alpin-Ski, dadurch wurde eine neue Seite in unserem „Skifahrerbuch" aufgeschlagen.

Für unsere Männer war das gar kein Problem. Sie konnten natürlich alle fahren, irgendwie hatte es als Kind wohl jeder von ihnen gelernt. Ihre neuen Alpinski nutzten sie mit großer Begeisterung.

Wir Frauen blieben erst mal beim Langlauf, schließlich konnten wir nicht mal das richtig gut. Doch wir wurden natürlich auch neugierig auf die andere Art Ski zu fahren, es sah gar nicht sooo ...schwer aus.

Anfänge auf der Piste...

Im Jahr 2002 im Skiurlaub bei den Tschechen startete ich einen todesmutigen Versuch. Ich meldete mich bei einem Skilehrer für privaten Alpinski-Unterricht an. Mit meinen damals 44 Jahren gehörte ich meiner Meinung nach immer noch zur reiferen Jugend. Und außerdem, wenn ICH etwas wollte...

Der Skilehrer war sehr jung, er sah mich etwas zweifelnd an. Unsere Kommunikation war vielversprechend - er verstand mich kaum, ich ihn überhaupt nicht. So ging es los.

In Ermangelung eines Trainingsliftes musste ich den „Berg" mit meinen Ski erklimmen. Das heißt, ich stieg so etwa 10m bergan. Nach umständlichen Versuchen mich in Fahrtrichtung zu drehen, fuhr ich los. Na gut, ich wollte!

Gefühlte 3m ging es ganz gut, dann klappte der Schneepflug nicht und ich lag. „Aufstehen" deutete mir mein Skilehrer an und verdrehte die Augen. Er hatte definitiv schon größere Talente gesehen. Ich plagte mich und schaffte es trotzdem nicht.

Also einen Ski abmachen – Aufstehen, und das ganze Prozedere von vorn. Wieder 10m bergauf..., wieder 3m bergab..., Aufstehen..., usw.

Ich glühte, mein Gesicht hatte mittlerweile die Farbe einer reifen Tomate angenommen. Mein Skianzug war von innen genauso nass wie von außen. Mein Skilehrer tat auch sehr erschöpft, vielleicht auch, weil er mich ab und zu mal hoch ziehen musste. Schließlich war der Mann auch fast 2 Köpfe kleiner als ich.

Ich muss gestehen, ich gab auf.

Das Highlight des Vormittags für mich folgte aber gleich, obwohl ich völlig erschöpft war. Ermutigt von meinem Plan, wenigstens den Versuch gewagt zu haben, war ich euphorisiert. Ich fuhr quer über die Piste zum Treffpunkt an der Hütte. Quer fahren geht gut, dachte ich, man wird auch nicht so schnell...

Doch dann kam ich leicht schräg!

Mitten auf der Piste gewann ich an Geschwindigkeit. Etwa 30m vor mir sah ich, wie sich die Schlange der Schleppliftfahrer langsam bewegte. Ich „raste" förmlich auf sie zu.

Oh, Anhalten ging auch nicht ...

Die Skifahrer am Schlepplift sahen die Gefahr, das heißt MICH kommen.

Ihre Augen wurden immer größer. Manch einer von ihnen ließ den Lift - Lift sein, schmiss die Stöcke weg und sich selbst in den Schnee.

Ich dagegen blieb standhaft auf meinem Weg. Mit verkniffenem Gesicht, die Stöcke krampfhaft umklammert, schoss ich durch die Reihe der Liftfahrer . Ich schaute selbst zweifelnd auf meine Ski, denn ich stand noch immer fest darauf.

Nun standen auch mir vor Schreck die Haare zu Berge. Kurz darauf stürzte ich dann doch. Mit geschulterten Ski kam ich trotz allem wohlbehalten bei meiner Familie an.

Für den Nachmittag gab ich den Trainingskurs an meine Tochter Carolin weiter, obwohl sie schon fahren konnte. Dieser Skilehrer hatte mir im Lauf der Stunden noch nicht einmal den Schneepflug beigebracht – ich würde es selbst lernen müssen. Ich sah immer noch alles positiv.

Dies war mein erster und denkwürdiger Probetag mit Alpinski, ich werde ihn nie vergessen. Er hielt mich jedoch nicht davon ab, weitere Versuche zu starten.

Im Nebel sieht man den Berg nicht...

Zwei Jahre später überraschte ich meinen Mann. Ich lieh mir in einem Skigeschäft Alpinski aus, mit der Option sie zu kaufen, falls ich damit klarkäme. Sie waren blau! ich fand sie wunderschön, also faste ich Mut. Männer würden jetzt sagen „weibliche Logik", bei mir war das eben so.

An dem Tag war es neblig, ich sah also nicht, welchen Berg ich befahren wollte. Claudia, ein Kind aus unserer Skitruppe sagte zu mir:

„Wir fahren immer nur hin und her auf der Piste, fahr mir hinterher." Es gelang!

Ich fuhr den ganzen Vormittag hinter Claudia her und fiel höchsten 2 bis 4 mal hin. Begeisterung pur! Sogar der Schneepflug klappte! Ich hätte Singen können vor Glück.

Doch dann lichtete sich der Nebel...

Ich verkrampfte völlig. Nichts ging mehr. Ich sah den Berg und hatte Angst. Viele Anfänger werden diese Schrecksekunden nachempfinden können. Skifahren passiert nicht nur mit den Beinen, es ist auch Kopfsache!

Am nächsten Tag die gleiche Situation. Wir waren in einem für uns neuen Skigebiet und wieder Nebel.

Mein Mann kümmerte sich um unseren Hund, ich versuchte wieder, mich mit meinen Ski anzufreunden. Wir standen unterhalb eines Schleppliftes, dessen Ende man aber wegen des Nebel´s nicht sehen konnte. Mein Mann sagte: „Versuch es doch mal", und meine Neugier war geweckt.

Ich sollte es bereuen. Schon bei der Auffahrt wusste ich, das war ein Fehler. Die Piste war steil und ich wusste wirklich nicht, wie ich nun jemals wieder runter kommen sollte. Die Tränen flossen und ich quälte mich Meter für Meter abwärts. Ich verfluchte meinen Mann und meine eigene Entschlossenheit, aber all das nutzte nichts.

Runter kommt man immer... aber das dauerte!

Es war eine der Abfahrten, die ich nie vergessen werde. Doch meine blauen, für mich wohl etwas zu kurzen Ski kaufte ich. Ich liebte sie, weil ich damit auch kleinere Kurven fahren konnte. Sie blieben viele Jahre meine treuen Begleiter.

Trotz Respekt versuchte ich es immer wieder, manchmal unter Tränen. Besonders, wenn ich mit den Worten losgeschickt wurde:

„Der Berg ist ganz leicht, das schaffst du schon".

Man bedenke, gute Skifahrer sagen das immer, auch bei schwarzen Pisten! Die Männer aus unserer Gruppe fuhren jeden Berg und das auch bei jedem Wetter.

So beschlossen sie, die doch anspruchsvollen Pisten in Spindlermühle in Angriff zu nehmen. Anke, ich und die Kinder waren nur als Maskottchen dabei. Bei solchen Bergen wurde mir schon beim Hinsehen schlecht. Kurt und Detlef fuhren mit dem Lift bergauf, wir warteten.

Damit uns nicht langweilig wurde, ließen wir uns für die Kinder viel einfallen. Doch irgendwann hatte alles Spielen ein Ende. Nach einer Stunde warteten wir immer noch, da stimmte doch etwas überhaupt nicht! Die Kinder fingen an zu quengeln, unsere Füße waren Eisklumpen und die Männer noch immer nicht in Sicht.

Nun wurde uns Angst, doch das wollten wir uns vor den Kindern nicht anmerken lassen. Was sollten wir machen, wenn sich jemand verletzt hatte? Als wir suchend um uns blickten, sahen wir plötzlich unsere Männer zu Fuß und aus einer völlig anderen Richtung auf uns zukommen. In solch einer Situation weiß man nicht, ob man laut schreien oder vor Freude heulen soll. Wir waren erst mal sprachlos.

Die Männer lachten – wir nicht.

Wie immer, wenn Detlef dabei war, hatten sie sich natürlich verfahren. Oben am Berg wussten sie nicht mehr, mit welchem Lift sie nach oben gefahren waren. Sie fuhren immer wieder verschiedene Berge hoch und runter ohne uns zu finden, bis sie schließlich aufgaben und zu Fuß durch den Ort auf uns zuliefen.

Wir waren alle total fertig, dies war wieder ein Erlebnis der besonderen Art.

Langlaufen kann man fast überall ...

Nach den anfänglichen Versuchen mit Langlaufski, ging das Fahren immer besser. So fuhren wir auch bei uns daheim im Thüringer Wald, oder im Harz immer wieder mal los, sobald es die Schneesituation erlaubte.

Ich hatte das Gefühl, dass es bei uns leichter zu fahren ging als im Riesengebirge, denn die Loipen waren sehr gut präpariert und die Landschaft nicht ganz so bergig.

Oder hatte ich etwa doch schon etwas gelernt?

Auch im Bayrischen Wald gab es wunderbare Loipen. Hier verbrachten wir ein verlängertes Wochenende mit meiner Schwägerin Karin, Schwager Olaf, deren Kindern und anderen Verwandten. Wir wohnten in Finsterau in kleinen Finnhütten.

Als wir ankamen, wurde uns schon erzählt, dass Karin und Olaf schon seit Stunden mit den Ski unterwegs waren. Sie waren gute Langläufer und wir erwarteten sie bald zurück. Doch die Zeit verging, es wurde dunkel.

Karin und Olaf waren noch immer nicht da. Suchen konnten wir sie nicht, denn wir wussten ja nicht genau welche Wege sie genommen hatten. Sollten wir die Bergwacht anrufen?

In Gedanken sahen wir schon den Hubschrauber nach ihnen suchen. Nach einer für uns unendlich langen Zeit kamen beide dann doch völlig erschöpft, aber unverletzt bei den Finnhütten an. Sie waren am Ende ihrer Kräfte und sogar Olaf gab zu, sich völlig verschätzt zu haben. Als es dunkler wurde, wussten sie im Wald teilweise gar nicht mehr wo sie waren.

Und wer hat schon beim Langlaufen eine Taschenlampe dabei? Es war eine wirklich brenzlige Situation und auf keinen Fall zu unterschätzen. Wir waren froh und dankbar, alle wieder zusammen zu sein.

Viele schöne Erlebnisse beim Langlauf hatten wir in Inzell. Dort waren wir mit Anke, Detlef und den Kindern dort die Zeit über Silvester 2000/2001.

Wir hatten in einem Hotelkomplex Zimmer mit Küche gebucht, denn wir hatten ja vor, uns selbst zu versorgen. Es war abenteuerlich. Als wir die Küche im Zimmer suchten, ging bei uns das Gelächter schon los. Wir fanden sie nicht. Erst nach der Inspektion aller Schränke ging uns ein Licht auf. Hinter einer Schranktür befand sich „die

Küche", das heißt, Geschirr, zwei Töpfe, ein Wasserkocher und zwei kleine Kochplatten.

Das war sehr lustig und wir haben nie wieder derartiges erlebt. Für unsere Zwecke reichte die Einrichtung, denn wir hatten ja insgesamt 2 Zimmer und damit 2 Küchen.

Auch unser Berner Sennenhund Nestor begleitete uns, er hatte besonders viel Spaß am Schnee. Er grub sich förmlich darin ein und sprang beim Langlauf neben den Loipen einher. Schwierig wurde es nur bergab. Da wussten wir nie wer eher unten war, der Hund oder wir und manchmal lief Nestor auch quer über unsere Loipen. Er verursachte immer wieder mal Stürze, doch es gelang uns, auf die Beine oder Ski zu kommen.

Wir verlebten schöne Tage und ein lustiges Silvesterfest. Dabei kamen Alpin-Skifahren und vor allem Langlauf nicht zu kurz.Es war wirklich herrlich und das Fahren klappte richtig gut.

Von Inzell aus fuhren wir auch einen Tag nach Ruhpolding, wo wir die deutschen Biathletinnen beim Training beobachten konnten und noch ein nettes Gespräch mit Uschi Diesel hatten. Für uns als totale Fans gab es natürlich noch ein Erinnerungsfoto.

Ein weiterer Höhepunkt war der Besuch der Deutschen Meisterschaft im Eisschnelllauf in Inzell, dort sahen wir so bekannte Eisläuferinnen wie Claudia Pechstein, Gunda Niemann und Anni Friesinger.

Wir waren begeistert!

Doch dann ging es auch wieder zum Skifahren.

Einen Tag verbrachten wir auf der Winkelmoosalm. Dort hatte ich Hunde-Dienst. Ich war froh, mich mal nicht so verausgaben zu müssen. Dachte ich! Nestor war total fit, ich weniger. Er tigerte durch den Schnee, die Nase nach unten und immer den dort häufig anzutreffenden Hundedamen nach.

Ich hatte meine liebe Mühe. 55 kg Hund zu halten ist nicht so einfach, vor allem bei glattem Untergrund. Plötzlich befreite er sich aus seinem Halsband und sprang im tiefen Schnee den Berg hinab. Meine Reaktion kam sofort. Vor lauter Angst den Hund zu verlieren, stürzte ich mich mit einem Hechtsprung kopfüber auf Nestor.

Zusammen rollten wir weiter bergab. Er erschrak und wollte sich mir entwinden, aber das setzte bei mir nochmal Kräfte frei.

Nestor liebte mich sehr, deshalb hatte ich auch keine Bedenken, dass er mich verletzen könnte.

Nach einem kleinen Kampf konnte ich ihm das Halsband wieder überstreifen. Schließlich hatte ich ihn wieder an der Leine. Das war eine Aktion!

Die Leute ringsum freuten sich mit mir und ich war fix und alle. Die kleinen Hundedamen, die meinen Nestor so wuschig gemacht hatten, befanden sich jetzt alle auf den Armen ihrer Frauchen.

Dies war der einzige Moment, in dem ich mir auch mal so einen „Handtaschenhund" gewünscht hätte.

Am nächsten Tag fuhr ich dann doch lieber wieder Ski. Kurt übernahm den Hund und er konnte sogar mit ihm sehr gut Langlaufen!

Von der Langlauftruppe zu den „Profis"...

Nicht dass jetzt jemand denkt, ich wäre wirklich ins Profilager gewechselt! Nein! für mich begann Skifahren jedes Jahr neu und auch mit den altbekannten Schwierigkeiten.

Aber meine Familie und ich fuhren jetzt zusammen mit anderen Skifahrern in den Winterurlaub, die dem Status „Profi" schon sehr nahe kamen. Langlauf wurde nun weniger gefahren, meist standen wir auf Alpin-Ski.

Wir waren wieder eine große Gruppe.

Karin, meine Schwägerin, ihr Mann Olaf und deren Kinder Rainer und Luisa. Aber auch Barbara, Olafs Schwester ihr Mann Dieter und ihre Kinder gehörten zum harten Kern unserer zukünftigen Winterurlaube. Barbara wurde mein „Zwilling" auf allen Pisten, wir fuhren gemeinsam und fanden das wunderbar. Andere Verwandte und viele gute Bekannte waren zusätzlich dabei.

Ein guter Zusammenhalt ist wichtig und deshalb wurden auch die Urlaube in dieser Zusammensetzung immer wunderschön und sehr lustig.

Unsere Unterkunft war das Hotel Restaurant Bärenhof in Phillippsreut, im Bayrischen Wald, wo wir mehrere Ferienwohnungen und Zimmer hatten. Von dort aus war es ein Katzensprung nach Mitterfirmiansreuth zu den Skipisten.

Schon in den ersten Tagen im Skigebiet zeigte sich der Vorteil unserer großen Truppe. Es bildeten sich „Fahrgemeinschaften", das heißt jeder von uns hatte auf der Piste Partner, mit denen er dann mithalten konnte. Dadurch kam der Spaß nie zu kurz und unseren besser Fahrenden schliefen nicht die Füße ein vom Warten.

Und was war mit meinen Fähigkeiten?

Ich übte mal wieder den Schneepflug, erst mal am Hügel hinter der Pension. Vom Wirt kam noch die Mahnung, dass wir nicht in die Loipe fahren durften, aber das wussten wir ja. Hinter dem Haus waren Barbara und ich natürlich die Stars, alle „echten" Skifahrer fuhren auf der Piste!

Aber bei uns kamen ja die Langläufer vorbei, die Anfänger von ihnen hatten vor uns wirklich Hochachtung.

Als wieder mal ein Anfängerpärchen gerade vor uns aus der Loipe stieg, um in unserer Pension zu Mittag zu essen, staunte die Frau nicht schlecht.

Barbara fragte schelmisch: „Was haben sie denn für komische Ski, die sind aber schmal?

Die Frau: „Oh, sie haben aber schöne breite Ski, mein Mann hat andere gekauft. Ich glaube auf ihren könnte ich besser stehen."

Zu ihrem Mann geneigt sagte sie noch: „Ich hab es dir ja gleich gesagt, dass mit unseren Ski was nicht stimmt!"

Wir grinsten, stimmten zu und konnten uns vor Lachen kaum noch auf den Beinen halten. Der Ehemann der Frau schüttelte nur stumm den Kopf, es war zum Schreien komisch!

Wir waren super drauf und hatten unsere Freude. Von solchen Begebenheiten kann ein Profi halt nicht berichten. Am Abend bei unseren Treffen waren wir mal wieder der Clou.

Am anderen Tag fuhren auch wir zur Piste, der Schlepplift wurde die erste Herausforderung. Weil wir nicht gleich den großen Hang bergan fahren wollten, versuchten wir unser Glück erst mal am Anfänger- oder Kinderhang.

Dort gab es aber keinen Schlepplift, sondern nur ein Seil, an dem man sich festhalten konnte und nach oben gezogen wurde. Das Seil befand sich in ca. 60 cm Höhe, das war für uns sehr tief.

Außerdem wurden wir von den Skilehrern ermahnt, dass sich von uns immer nur einer an das Seil hängen dürfe.

Unser beider Gewicht würde das Seil nicht aushalten. Tief gebückt und voll konzentriert hingen wir nun wie ein paar Säcke an dem Seil. Aber irgendwie mussten wir ja den kleinen Berg hinauf kommen. Dort waren wir die einzigen Erwachsenen beim Üben, aber es war lustig.

Karin und ihre Cousine Daggi, damals waren auch sie noch Anfänger, hatten ihre Versuche am Schlepplift schon am Vortag hinter sich gebracht.

Auch sie hatten ihre Schwierigkeiten. Optimistisch waren sie nebeneinander in die Liftspur eingestiegen und losgefahren. Die ersten Meter gingen gut, dann gerieten ihre Ski aneinander und schon lagen beide im Schnee. Sie versuchten aufzustehen, doch immer wenn sie gerade wieder halb standen, kam von hinten eine leere Liftstange gefahren „Gong" und sie fielen wieder hin.

So ging es mehrere Male hintereinander „Gong" und sie lachten schallend. Schließlich krochen sie auf den Knien aus der Spur.

Olaf und Daggi's Mann Harald sahen das Elend von der Ferne. Sie grinsten und taten so, als würden sie nicht dazugehören!

Ich muss leider sagen, Karin und Daggi lernten das Skifahren sehr viel schneller und besser als ich, vielleicht fehlte mir damals der „Gong" am Hinterkopf?

Barbara und ich waren nun auch bereit für größere Aufgaben und begaben uns zum normalen Schlepplift. Wir wussten von Karin und Daggi's Anfängerschwierigkeiten, deshalb legten wir eine große Disziplin an den Tag. Barbara wollte nicht allein Lift fahren. Mir wäre das lieber gewesen, weil man sich dann beim Abstieg nicht in die Quere kommen kann. So fuhren wir gemeinsam und voller Konzentration, wir erinnerten uns gegenseitig immer wieder:

„Nicht setzen, Knie gerade, Ski parallel" !

Und das gebetsmühlenartig bis wir oben abstiegen! Die Leute an den Liften vor und hinter uns waren sehr irritiert, solche Anweisungen hatten sie noch nie von jemandem gehört. Nach einigen Abfahrten auf der blauen Piste klappte es schon ganz gut, wir waren zufrieden.

Gut ,dass wir so fleißig geübt hatten,denn...

Der Weg nach Hause führte immer über die rote Piste, die nahmen wir in Angriff, es heißt doch..."runter kommt man immer".

Manchmal fuhren wir dann auch in den Wald. Das konnte schon passieren, wenn man immer von links nach rechts fährt und die Kurve nicht klappt. Barbara schnallte dann manchmal die Ski ab und lief die steilen Stücke bergab.

Einmal aber stand ich nach einem Sturz wieder wohlbehalten auf meinen Beinen, bekam aber meinen Ski nicht wieder dran. Blankes Chaos, was ist denn nun kaputt?

Natürlich nichts, reine Technik! Mein Mann hat mich gerettet. Er kam den Berg herauf gerannt, drückte einmal hinten auf meinen Ski und schon war alles wieder in Ordnung. Ich staunte und lernte, man muss den Ski nach dem Sturz erst wieder lösen, um ihn neu anzuziehen. Danke! Jeder Tag brachte für mich neue Erkenntnisse und Fortschritte.

Unsere Tochter Carolin fuhr damals schon sehr gut Ski und konnte deshalb die rote Piste genießen. Mit einem Freund war sie bergab gefahren und standen nun am Lift an. Sie gingen durch die Schranke und fuhren auf das Transportband. Eigentlich hätte nun hinter ihnen der Sessellift kommen müssen.

Er kam nicht – das Band lief weiter!

Schließlich war das Band zu Ende, und wo war Carolin?

Die Beiden waren in den Graben hinter der Liftstation gefallen, wir hörten sie laut lachen. Es war zum Glück nichts passiert. Erst sah man einen Kopf auftauchen, dann den anderen, sie stiegen aus dem Graben unter dem Applaus der Zuschauer.

Das Aufsteigen auf den nächsten Sessellift klappte. Nun hatten sie auch was zu berichten! An den Abenden trafen wir uns wie immer irgendwo zum Essen,Trinken und zur Auswertung des Tages.

Wir hatten eine Sauna im Haus zur Entspannung, so dass der Muskelkater keine Chance bekam. Eines Tages, als wir gerade in der Sauna saßen und erzählten, ertönte aus dem Nebenraum der Ruf „Feuer".

Es hatte wahrscheinlich einen Kurzschluss gegeben. Weil aber die Ruheräume mit Vorhängen aus Stoff getrennt waren, brannte einer davon plötzlich. Zwar war es nur ein ganz kleines Feuer, doch das reichte.

Fast nackig, nur mit einem Handtuch bekleidet sprangen wir durch das Haus und nach draußen. Es wurde zum Glück schnell gelöscht.

Nach vielen Urlauben mit unseren treuen Hund Nestor begleitete uns nun seit 2005 unser Berner Sennenhund Eros auf die Reise. Wir gingen viel Spazieren und genossen den Winter. Den größten Spaß im tiefen Schnee hatte unser Hund. Die Nase in die weiße Pracht bergab ging's und dann...er konnte ihn perfekt, den Schneepflug!

Eros stürzte sich kopfüber in die weichen Schneehaufen, so etwas gab es bei uns daheim nur sehr selten.

Wir hatten zwar eine Ferienwohnung, in der wir uns selbst versorgen konnten, doch das sehr gute Essen im „Bärenhof" ließen wir uns abends nur selten entgehen. Es gab hervorragende Wildgerichte, Haxen oder leckere Süßspeisen. Schließlich hatten wir uns das nach dem Skifahren verdient.

Oft genossen wir das Zusammensein in der gemütlichen Gaststube, in der die Wirtsleute immer eine ganze Tafel für uns bereitstellten. Immerhin waren wir 22 Leute am Tisch. Nach dem einen oder anderen heißen oder kalten Getränk am Abend schliefen wir dann glücklich und zufrieden ein.

Neuer Tag, neue Chance: heute wollten Barbara und ich auf der roten Piste bleiben! Immerhin wurden unsere Abfahrten immer besser.

Wenn – ja wenn nur dieser lästige Schlepplift nicht wäre. Wir fuhren erfolgreich bergauf, nun mussten wir absteigen. Ich ließ los und stieg nach rechts aus, rutschte aber weg und lag im Schnee.

Aber was machte denn da Barbara?

Sie hatte den Haltegriff doch schon losgelassen und musste wegfahren! Oh Schreck, vor lauter Angst zu stürzen, ergriff sie die Liftgabel erneut und ließ sich weiterziehen.

Doch dort war Schluss!!!

Noch immer am Lift hängend wie eine Bogenlampe fuhr Barbara eine kleine hölzerne Rampe empor. Dann der Fall - wie ein reifer Apfel vom Baum. Alle aus unserer Skitruppe standen mit offenem Mund und großen Augen da.

Barbara rappelte sich wieder auf. Und wir lachten und klatschten mit allen Leuten auf der Piste, so einen Stunt hatte noch keiner gesehen!

Wir fuhren zum Skifahren fast immer in Gebiete, in denen viel Schnee lag, der Bayrische Wald brachte jedoch besondere Überraschungen.

Nachdem wir schon mehrmals in diesem Skigebiet waren, gab es im Jahr 2006 ein Schneechaos.

Es schneite, schneite und schneite.

Für den Landkreis Freyung wurde Katastrophenalarm ausgelöst. Auf den Dächern, Straßen und Pisten lag meterhoch der Schnee. Wir mussten den Schneeschieber mit in unsere Pensionswohnung nehmen, falls wir uns freischaufeln müssten. Denn unsere Wohnung befand sich im Nebengebäude.

Die Autos wurden 2x täglich geräumt, ansonsten hätten wir sie nicht wiedergefunden!

An Skifahren war nicht zu denken, aber das machte nichts. Wir hatten Urlaub und machten das Beste daraus. Wir bauten die herrlichsten Schneefrauen und sexy Schneemänner, erlebten feuchtfröhliche Glühwein Picknicks im Freien und trafen uns alle gemeinsam in unserer, der größten Ferienwohnung zum Essen, Quatschen und Spielen.

Unsere Gastgeber bewunderten immer wieder unseren Einfallsreichtum bei so genanntem „Schlechtwetter".

Damals begannen wir auch mit unseren heißbegehrten „Geleebananen-Sitzungen". Immer sehr lustig mit vielen Süßgkeiten und unbedingt Eierlikör im Waffelbecher.

Unsere Männer spielten Skat, verglichen ihre tollen Skiausrüstungen, tranken in Ruhe ihr Bier und Thomas erzählte sein Jägerlatein.

Bei uns Frauen wurden dagegen Probleme aller Art besprochen, so z.B.

- Wie verkaufe ich meinem Mann am besten, dass das neue Kleid oder der BH für schlappe 95 Euro eigentlich SEIN Geburtstagsgeschenk ist?

- Wie steht es um die Psyche der Männer in ihren Wechseljahren?

- Wie bekämpft man „Tödlichen Männerschnupfen"?

- Liebeskummer der Kinder...

- Und wie werde ich nun endlich schlank...ha,ha!

Das alles natürlich garniert mit Geleebananen!

Sehr zur Nachahmung empfohlen! Auch für solche Sachen ist eben Zeit im Winterurlaub.

An Schnee scheiden sich ja bekanntlich die Geister. Die einen hassen ihn, andere lieben dieses herrliche Weiß! Ich finde es phantastisch, wie

Schnee die Landschaft verändern und verzaubern kann. Wie ein Teppich liegt er auf den Bergen und im Tal, dazu viele schöne Eiszapfen an den Dächern! Und er lässt Ruhe einkehren.

Es ist auch nicht verwunderlich, dass man die Winterskigebiete im Sommer kaum erkennen kann. Wenn sich die Natur im Frühling das Grün zurückholt, sieht man nur noch Wiesen, die Pisten nur erkennbar durch die Lifte.

Dieser schneereiche Winter damals war für uns ganz besonders, auch die Winterdienste mit ihren Geräten kamen an ihre Grenzen.

Unsere Hundespaziergänge machten wir dick vermummt mit Skibrille. Unser Hund, obwohl recht groß, verschwand immer wieder vollständig in den Schneemassen – ein Traum für ihn.

Olaf´s Bruder Thomas und seine Frau Sigrid hatten auch ihren Hund mit, einen kleineren als wir. Da wurde Spazieren gehen schon problematisch. Bei dem Wetter wurde der Hund also Spazieren getragen und manchmal wurde es ein Suchspiel im Schnee. Hatte der Hund nun sein „Geschäft" verrichtet oder war er zum Spielen draußen ?

Bei Schneesturm erkannte man auch die Leute nicht, so sehr waren sie eingepackt. Alle Wege und

Loipen waren zugeweht und nicht mehr erkennbar.

Nach dem vielen Schnee kam wieder die Sonne, die Loipen und Pisten in Mitterfirmiansreuth waren wieder bestens präpariert.

Also konnten wir wieder fahren. Doch wenn sich am Nachmittag die Schneehügel auf der Piste zusammenschoben und Skifahren schwierig wurde, fuhren wir freiwillig, eigentlich nur wir Frauen zurück zur Unterkunft.

Ein paar von uns schnallten dann noch die Langlaufski an und fuhren ein paar Runden.

Man sollte es ja nicht übertreiben, ich genoss auch gerne einen erholsamen Mittagsschlaf.

Schließlich saßen wir alle vor unserer Wohnung und erfreuten uns an einer leckeren Bowle. Die Sonne schien, Stühle wurden nach draußen geholt und wir alle saßen im Kreis um den Bowle-Eimer. Unser Hund lag daneben und hätte gar zu gern davon gekostet – keine Chance!

Mit jeder neuen Runde, die wir ausschenkten wurde die Stimmung ausgelassener. Es endete mit Wortfindungsstörungen! Die Bowle gehört inzwischen zur Tradition im Skiurlaub. Den Sonnenschein, den Schnee genießen und mit Freunden Spaß haben, das war einfach herrlich.

Sogar unsere Männer auf der Piste erfuhren von unserer Bowle Party. Ein Skifahrer rief: „Eure Frauen feiern ja prächtig". Von mehreren Eimern Bowle war die Rede!

So konnte man selbst die heißesten Skifahrer nach Hause locken.

Vom Bayrischen Wald ins Allgäu.....

Unsere skifahrerischen Könner brauchten neue Herausforderungen, also wechselten wir 2007 das Skigebiet.

Balderschwang ist schneesicher und wir hatten wieder zusammen 5 Ferienwohnungen in einem Haus. Diese Wohnungen für etwa 20 Leute zu buchen ist nicht so einfach, aber unser Skifahrerchef Olaf hatte das immer gut im Griff. Jeder hatte in seiner Wohnung einen Rückzugsort, aber wir konnten uns auch gut treffen.

Als wir am ersten Tag ins Skigebiet fuhren, blieb mir vor Schreck fast das Herz stehen. Vor mir befand sich ein Riesenberg, und den sollte ich jeden Tag zur Wohnung runter fahren? Nie im Leben!

Meine Tochter meinte: "Mutti, du nimmst das viel zu ernst, das ist sicher nur die blaue Piste."

Ha, Ha! Es war eine FIS Rennstrecke, wie ich später erfuhr. Doch man konnte sie auf einer herrlichen Familienpiste umfahren, es gab also Lifte aller Art und auch für jeden die richtigen Pisten!

Wie in jedem Skiurlaub fanden sich die Grüppchen zusammen und erkundeten das Skigebiet.

Für mich ging es wie jedes Jahr von Neuem mit Angst und auf den Anfängerpisten los, aber auch ich war entwicklungsfähig.

In Balderschwang kam eine neue Schwierigkeit auf Barbara und mich zu, hier gab es fast keine Schlepplifte, sondern Sessellifte. Wir hatten das Aufsteigen erfolgreich hinter uns gebracht und waren sehr stolz und aufgeregt. Es saß noch ein Mann mit uns auf dem Lift, er war sehr still, während wir ununterbrochen schwatzten.

Wir betonten auch mehrmals, dass dies ja unsere erste Fahrt auf dem Sessellift wäre – er reagierte nicht. Bis heute wissen wir nicht, ob er ein wenig taub oder unserer Sprache nicht mächtig war. Vielleicht gingen wir ihm auch nur furchtbar auf den Geist!

Auf dem Berg angekommen merkten wir, dass der Mann versuchte, den Bügel nach oben zu schieben, es ging nicht. Wie auch?

Wir hatten ja unsere Ski noch auf dem Bügel stehen! Zum Glück reagierte der Liftwart. Er hielt den Lift an und machte uns wilde Zeichen.

Der Mann neben uns auf dem Lift hatte einen hochroten Kopf.

War das eine Blamage!

In der nächsten Zeit bemerkten wir, dass immer wenn wir auf einen Lift stiegen, dann hektisch mit der Bergstation telefoniert wurde. Oh je! Wir waren also aufgefallen! Wir ließen uns nicht stören, fuhren Ski, trafen uns mittags in den Hütten und am Nachmittag fuhren wir vom Hang bis zu unserer Unterkunft.

Ich habe damals für mich selbst festgelegt, dass ich wenn immer möglich am Lift ganz links einsteige, dann kann ich mich oben beim Aussteigen noch etwas abstoßen. Das ist zwar wieder vollkommener Quatsch, denn ich käme auch anders vom Lift, aber was der liebe Kopf eben nicht immer alles denkt...

Auch diesmal hatten wieder unseren Hund mit, also stand nach dem Skifahren ein Hundespaziergang an und danach eine kleine Ruhepause.

Anschließend bei herrlichem Sonnenschein stellte ich viele Stühle raus vor das Haus, kochte Kaffee und stellte den Sekt im Schnee kalt. Dann trudelten langsam alle von unserer Truppe ein. War das jeden Nachmittag ein „Hallo"!

Jeder nahm sich was zu Trinken, ob Glühwein, Kaffee, Bier oder Sekt. Außerdem wurden aus allen Wohnungen kleine Snacks geholt, dass es bei der Aprés-Ski-Party auch an nichts fehlte.

Marcus, (Barbaras Schwiegersohn) Karin und Olaf sorgten noch für unser Unterhaltungsprogramm. Sie fuhren direkt vor uns in der Loipe mit den Langlaufski. Die Loipe war aber so kurz, dass wir kaum mit dem Kopfwenden hinterher kamen, fast wie beim Tennis!

Die Kinder bauten Schneemänner, fuhren Schlitten mit unserem Hund um die Wette und hatten Spaß bei so mancher Schneeballschlacht.

Eines Morgens war draußen alles vereist. Schon die Fahrt mit den Ski zum Lift gestaltete sich schwierig. Bei einem kleinen Hang fiel ich und knallte mit dem Hinterkopf auf´s Eis.

Mir schwirrte der Kopf, denn damals hatten wir nur Mützen auf, noch keine Helme! Dies gab den Ausschlag, dass wir alle für den nächsten Skiurlaub Helme planten und diese dann auch mit Überzeugung trugen.

Hier ging es um Sicherheit, nicht darum wer am coolsten mit seiner Mütze aussieht!

Doch das Eis wurde noch für jemand anders zum Verhängnis. Unser Hund schnitt sich an einer Eiskante den Fußballen auf.

Die Wunde blutete heftig, also suchten wir nach dem nächstgelegenen Tierarzt. Im österreichischen Nachbarort Hittisau fanden wir einen.

Er versorgte die Wunde sehr gut und gab uns noch Verbandsmaterial mit. Das Überragende aber war, er wollte für diese Nothilfe kein Geld. So etwas hatten wir noch nie erlebt. Noch im Nachhinein

„Vielen Dank„!

Eros hatte nun Socken an und der Urlaub konnte weitergehen.

Balderschwang war ein schöner Skiort, viel Schnee, tolle Langlaufloipen und super präparierten Pisten. Es gab tolle Hütten zum Einkehren auf der Piste und auch einige gute Gaststätten zum Essen gehen, zum Beispiel die Pizzeria. Besonders für unsere Kinder war Pizza das Größte.

Es war jeden Abend ein Erlebnis, in der Dunkelheit die Fahrten der Pistenraupen zu verfolgen. Ihre Lichter leuchteten am Berg wie Perlenketten, das sah toll aus. Legten sie doch die

Grundlage für einen wundervollen nächsten Skitag.

Barbara und ich arbeiteten weiter an unserer Fahrtechnik, vor allem ich. Ich war nämlich auf der Piste immer zu erkennen, meine Haltung war allen von unserer Gruppe wohlbekannt.

Den Oberkörper weit nach vorn gebeugt, je steiler der Berg war, umso mehr ging ich in die Knie. Also schön ist definitiv was anderes! Vor allem strengt diese Haltung wirklich unheimlich an, ich war jeden Mittag fix und fertig. Wenn mein Mann einmal hinter mir fuhr, hörte ich immer wieder:

„Rücken gerade, nach der Kurve aufrichten"!

Ich bemühte mich wirklich, doch ich verkrampfte mich, sobald ich Angst bekam.

Bei leichteren Bergen sah ich eigentlich auf meinen Ski ganz normal aus. Das bestätigten mir alle, und dann gab es ja auch noch die Tagesform! Kaum zu verstehen, dass ich immer wieder losfuhr, optimistisch jeden Morgen!

Aber Winterurlaub ist eben was Besonderes, Bewegung an der frischen Luft und Sonnenschein. Die Landschaft meist tief verschneit und manchmal in einer phantastischen Stille. Ich genieße diese herrlichen Ausblicke auf die

Bergregion, und das alles mit Familie und Freunden.

Bei tollem Wetter mit einem Lift ganz nach oben zu fahren, und oben einfach mal zu stehen und inne zu halten ist gewaltig.

Ein jeder von uns, egal ob sehr guter Skifahrer oder „ewiger Anfänger" erlebt ganz viel in diesen Wintertagen.

Kinder fahren anders ...

Wer schon einmal im Winter vor einer Kinderskischule stand und sich die Zeit nahm, Kinder bei ihren ersten Fahrversuchen zu beobachten, der gerät in grenzenloses Staunen.

Kinder haben keine Angst vor dem Fallen. Das liegt zum Teil auch daran,dass sie ja klein sind und die Höhe nicht erkennen. Es ist aber auch ihre Neugier und Freude, etwas Neues zu erleben und zu lernen.

Wir Erwachsenen wissen um Gefahren, berechnen Möglichkeiten sich zu verletzen und spielen schon im Kopf Zukunftsängste durch. Erst recht, wenn man sich selbst schon beim Skifahren verletzt hatte und dadurch gesundheitliche Folgen oder Arbeitsausfälle drohten.

All das wissen Kinder nicht und sie genießen ihre ersten Skifahrten und fahren ganz unbedarft und voller Freude los. Das ist genial! Meiner Meinung nach, müssten genau wie beim Schwimmen lernen, alle Kinder in den Genuss des Skifahrens kommen, das zu erleben und wenn möglich auch zu lernen.

Doch dass es nicht nicht so ist, erfuhr ich in einem Skigebiet in Österreich und das hat mich dann doch gewundert. Noch nicht einmal dort, wo der Schnee eigentlich das Winterhalbjahr bestimmt, können alle Kinder Ski fahren.

Unsere Tochter ging bereits in Tschechien in die Skischule, als ich noch Langlauf fuhr. Wir fanden es wichtig und es bot sich dort an.

Eines Tages in einer Mittagspause fuhr Carolin dann mit ihrem Papa den Schlepplift bergan, er fuhr hinter ihr. Dann geschah ein Unglück. Beim Loslassen vom Schlepplift verfing sich ihr Anorak am Lift und sie wurde ausgehoben und mit ihrem Körper gegen einen Mast geschleudert.

Mein Mann war in dem Moment völlig hilflos, musste er doch tatenlos zuschauen wie Carolin verletzt wurde.

Es dauerte bis der Lift zum Stehen kam, unter den Skifahrern befand sich ein deutscher Arzt. Sie wurde untersucht, es waren zum Glück keine Knochenbrüche festzustellen.

Doch sie hatte viele Prellungen an Kopf und Körper. Ihre Tante Karin kühlte gleich mit Schnee und am Abend wurde sie mit heparinhaltiger Salbe eingeschmiert und verbunden. Der Unfall ging glimpflich aus. Seitdem wissen wir, zum Skifahren gehört nicht nur Können, sondern auch manchmal großes Glück.

Als wir im Jahr darauf im selben Skigebiet unterwegs waren, sahen wir, dass um den Liftmast ein dickes orangefarbenes Polster errichtet worden war. Wir kennen diesen Schutz heute von vielen Masten und wissen, dass das notwendig ist. Ich danke heute noch allen Schutzengeln, die damals über meine Tochter gewacht hatten.

Bei uns saß der Schreck noch lang in den Gliedern, doch Carolin fuhr sehr schnell wieder mit ihren neuen Ski. Heute genießt Carolin jedes Jahr aufs Neue ihre Skifahrten und fährt richtig gut. Sie fährt auch jetzt noch mit ihrer Familie und uns in den Winterurlaub. Inzwischen hat auch unsere Enkelin Anni mit ihren 3 Jahren schon auf Ski gestanden und erste Erfahrungen gesammelt.

Alle Kinder aus der Gruppe, die mit uns in den Winterurlaub fahren, haben in Skischulen sehr schnell gelernt, wie man richtig und sehr gut Ski fährt. Es war schön, mit anzusehen, wenn sie nach bestandener Schule ihre Medaillen bekommen haben und dann später als wahre Könner die Pisten befuhren.

Mein Patenkind Rainer ist das beste Beispiel dafür, dass aus den Kindern sogar „Skilehrer"wurden.

Schon in seiner frühen Jugend half er mir oft mit Rat und Tat. Und das ohne mich zu Belächeln!

Inzwischen hat er seine Kathi von einem Skifahrerneuling zum guten Fahrer gemacht, seine „Engelsgeduld" ist bewundernswert.

Welche Kurve fährst du lieber, die rechte oder die linke...

Diese Frage habe ich mir oft gestellt, und sie ist auch nicht so leicht zu beantworten. Einer unserer Superfahrer sagte mal, jeder Skifahrer hat eine gute und eine schlechte Seite. Schlecht heißt dabei aber nicht „gleich" schlecht.

Ich jedenfalls kann die Kurve nach links ganz gut fahren, kann die Ski auch parallel stellen. Nach rechts fahren dagegen geht nicht so einfach, aber Rainer kam mir zu Hilfe. Er sagte:

"Stell doch einfach den rechten Ski um, das heißt, ganz leicht anheben und mitnehmen".

Das mache ich nun schon seit Jahren so, vielleicht ist es etwas unkonventionell, aber mir hilft es enorm.

Früher bei meinen Anfängen war diese Frage besonders wichtig. Wenn wir, wie so oft, zu weit an die Pistenränder gefahren waren und vor uns nur noch der Wald oder ein Abhang drohte, wurde es einem schon manchmal bang.

Wie komm ich zurück oder kann ich irgendwie umdrehen?

Oh je, da gerieten wir an Grenzen. Nichts ging mehr. In meinen gröbsten Anfängerzeiten stand ich oft vor der Wahl:

Ski ab und umdrehen und dann wieder dran machen? Tja, eigentlich völlig unprofessionell, aber immerhin eine Lösung. Doch so einfach ließen sich die Ski am Berg auch nicht anlegen. Nun doch weiter Stück für Stück zurück und wenden...

Es war eine schwierige Entscheidung!

Normale Skifahrer würden sagen:„Gehe ein paar Schritte zurück und fahr einfach wieder los!". Oh, je...!

Karin erfand damals das „Zöschen", hervorragend, wenn man nicht anders runter oder herum kommt.

„Zöschen" bedeutet, dass man sich schräg auf die Kanten der Ski stellt und langsam runter rutschen lässt. Das funktioniert auch, wenn der Hang mal viel steiler wird als erwartet und die Drehungen nicht mehr gehen. Nur bei mir natürlich, bei anderen geht so was immer!

Ich verleihe Karin den großen Erfinderpreis!

Abendliche Geschichten....

Wie in jedem gemeinsamen Urlaub saßen wir abends zusammen und erzählten uns Geschichten. Doch es ging nicht immer nur um Skifahren, auch was im letzten Jahr in den Familien so passiert war, wurde zum Besten gegeben. Barbara's Tochter Susan hatte geheiratet, das wurde ausgewertet.

Eines abends erzählten uns Susan und Marcus von ihrer abenteuerlichen Hochzeitsreise. Es war köstlich!

Sie hatten von Familie und Freunden eine Kurzreise nach München geschenkt bekommen. Das war toll und sie freuten sich sehr darüber. Freitags ging es los. Nach einer langen Fahrt kamen sie voller Erwartungen im Hotel an. Dort hatte man sie viel eher erwartet, denn an diesem Abend sollte noch ein Candle-Light-Dinner stattfinden.

Nun ging der Stress los, dabei sollte es doch ein geruhsames Wochenende werden. Der Koffer wurde ins Zimmer gebracht. Sie zogen sich blitzschnell um und dann auf zum Festessen.

Aber was war das?

Das Restaurant war überfüllt, also wurde ein kleiner runder Tisch mitten in die Lobby gestellt.

Hier nahmen Susan und Marcus Platz.

Doch von Romantik keine Spur! Susan, schon leicht irritiert sagte dem Kellner noch, dass doch zum Candle-Light-Dinner wenigstens eine Kerze gehört. Verunsichert holte der Kellner eine Kerze und stellte sie auf den Tisch. Doch ringsum das Paar herrschte Aufruhr und Krach.

Großstadt – dachte Marcus, eigentlich ist es schon gewöhnungsbedürftig. Koffer wurden an die Rezeption gerollt, Leute checkten ein und aus. Na prima, das konnte ja lustig werden. Ein feines Dinner sah jedenfalls anders aus!

Als Vorsuppe gab es eine Gazpacho, eigentlich sehr lecker, aber – natürlich kalt. Marcus freute sich auf seine heiße Suppe. Nahm den Löffel voll und war geschockt. Mit so was hatte er nicht gerechnet, bei ihnen im Heimatdorf gab es solche Suppen nicht. Bevor er aber zum Kellner etwas sagen konnte, mahnte ihn seine Frau mit einem „Knuff" unter dem Tisch. Susan sagte:

„Vielleicht muss die Suppe ja so sein?"

Na, vielleicht würde ja die Hauptspeise alles raus reißen.

Als diese gebracht wurde, war es ein wunderbares Rindersteak mit gegrillten Maiskolben und einer Folienkartoffel. Doch das Steak war noch sehr blutig, leider nichts für Susan. Marcus gab es dem Kellner gleich wieder zurück:

„Konnten sie nicht vorher fragen, wie wir das Steak wollen? Meine Frau isst so was nicht!"

Der Kellner schüttelte nur den Kopf und ließ das Steak nochmals braten, nun war es bretthart. Es schmeckte dementsprechend! Der Nachtisch war eine Winzigkeit, es war eine Kugel Zitronensorbet und Stück Melone.

Marcus und Susan waren nach dem Essen noch hungrig und unzufrieden, das Umfeld gab ihnen den Rest. Getümmel und Geschrei um sie herum, statt einem festlichen Dinner im Nobelrestaurant.

Nun wollte Susan wenigstens noch ein Highlight an dem Abend und sich einen sehr teuren Cocktail aus der Karte bestellen. Sie freute sich auf einen „Swimmingpool" und sagte dies dem Kellner. Doch der stand nach der Bestellung wie gelähmt da und antwortete:

„Ja meinen sie etwa, wir bauen jetzt extra für sie noch einen Pool, nur weil sie hier sind"?

Susan riss ihre großen Augen auf und war sprachlos, was bei ihr ein absolut seltener Zustand ist. Völlig entnervt musste sie nun doch lachen, und sagte:

„Ich wollte eigentlich nicht drin baden, sondern ihn nur Trinken"!

Dies war der erste Abend in München, Marcus knurrte der Magen, also endete das Festessen an einer Dönerbude. Für den Schlummertrunk hatten sie sich von daheim etwas Leckeres mitgebracht.

Nun war Nachtruhe angesagt.

Der nächste Tag in München kam und wurde wirklich schön. Sightseeing und Shoppen war angesagt, auch, wenn Marcus bei den Münchner Preisen manchmal die Luft weg blieb. Es war ja schließlich eine kleine Hochzeitsreise! Sie aßen im Hofbräuhaus, schlenderten durch die Stadt und ließen es sich sehr gut gehen.

Für den Abend hatten sie sich etwas Besonderes vorgenommen. Sie wollten gemeinsam ins Kino gehen, denn dazu war daheim weder Zeit noch Gelegenheit.

Das riesige Kino war wie ein Palast. Marcus sagte: „Da würde ja unser ganzes Dorf reinpassen!"

Der passende Film war auch gezielt ausgesucht. Um das Vergnügen komplett zu machen, sollte Marcus schnell Popcorn holen. Susan wollte noch zur Toilette und dann in den Kino-Saal gehen. Marcus ging in den geplanten Raum und setzte sich schon mal, der Film ging schließlich gleich los.

Wo nur Susan blieb? Er wartete und der Vorspann begann. Dann ging der Film los. Marcus hastete nach draußen. An der Kasse fragte er nach seiner Frau:

„Entschuldigen sie bitte, aber meine Frau ist verschwunden. Wir sind vom Dorf und sie kennt sich hier überhaupt nicht aus. Vielleicht ist was passiert?"

Der Kino-Aufseher suchte in den Toiletten und im Foyer. Nirgends war Susan zu sehen. Marcus dachte schon in den schlimmsten Kategorien, Überfall oder Verschleppung – man war ja schließlich in München! In der Großstadt!

Der Helfer im Kino fragte plötzlich:

„Kann es sein, dass ihre Frau im verkehrten Kinosaal sitzt?„

Das war für Marcus völlig unvorstellbar:

„ Sie kennen meine Frau nicht, die macht NIEMALS etwas falsch!", er war hoffnungslos.

Nach einer weiteren Viertelstunde, die für Marcus unendlich war, tauchte Susan plötzlich aus dem Kinosaal nebenan auf und fragte ungeduldig:

„Warum kommst du denn nicht? Der Film hat aber ganz komisch angefangen, da sitzt auch keiner weiter drin !?"

Marcus war fassungslos, nun hatte sie doch im falschen Saal gesessen! Noch völlig verstört nahm Marcus Susan mit in den richtigen Raum, gemeinsam konnten sie jetzt nur noch den halben Film erleben. An Popcorn dachte keiner mehr, Marcus hatte es irgendwo verloren.

Aber es war schön zu sehen, wie glücklich Männer sind, wenn sie ihre Frau wieder zurück haben!

Die Geschichte dieser Reise von zwei Dorfpflanzen in die gefährliche Megastadt München war ein Höhepunkt in unseren abendlichen Erzählungen.

Wir haben Tränen gelacht!

Hütteneinkehr....

In der Mittagszeit versuchten wir uns meist in einer der Skihütten zum Essen zu treffen. Diese Treffs waren wichtig, um zu sehen, ob alle noch wohlbehalten und gesund auf ihren Ski standen. Außerdem musste ja der Termin und Ort zum Aprés Ski klargemacht werden.

In den Hütten reichte das Essensangebot vom einfachen Leberkässemmel, von denen unser Rainer mindestens drei zu Mittag aß, über das Dreigangmenü: Bockwurst-Semmel-Senf bis hin zum großen Mittagsmahl. Meistgekauft waren aber die guten Hüttensuppen mit Leberknödel, Kaspress -oder Speckknödel.

Unsere luxeriöseste Einkehr hatte wir im Skigebiet Sölden, vereinbart war der Treff, also mussten wir ihn einhalten. Wir hatten gehört, dass man dort sehr gut Essen kann. Dass es sich aber dabei um ein Nobelrestaurant – das höchste am Platz handelte, wussten wir noch nicht.

Ich war der Platzbesetzer, alle anderen tobten sich am Berg noch richtig aus Die Bedingungen auf der Piste waren nicht so optimal, deshalb ging ich gern ins Lokal. Zu meinem Glück kamen auch schon Susan und ihre Tochter Emilie.

So konnten wir uns in dem noch völlig leeren Gastraum einen Tisch suchen. Doch was heißt hier ein Tisch, am Schluss hatten wir mindestens vier Tische ausprobiert und der Kellner zweifelte schon an unserem Verstand.

Der 1. Tisch wackelte furchtbar und obendrein bekamen wir russische Speisekarten. Sahen wir aus wie Matrjoschkas?

Am 2. Tisch kippte Emilie ihre Limonade um, der Tisch schwamm.

Der 3. Tisch war definitiv für uns alle zu klein, also nun zum 4. und besten Tisch!

Als endlich alle von unserer Truppe eintrafen, war der Kellner doch recht froh, dass er uns nicht des Lokals verwiesen hatte. Wir versprachen Umsatz. In diesem Lokal gab es eine riesige Auswahl an Speisen. Kurt und ich bestellten eine Fischsuppe und wie alle anderen Pizza. Die Preise waren zwar hoch, aber jedes Essen auch wirklich hervorragend im Geschmack. Es hatte sich gelohnt.

Ein Phänomen in fast allen Hütten ist, dass sich die Toiletten im Untergeschoss oder im Keller befinden. Dahin zu gelangen ist mit Skischuhen ein waghalsiges Unterfangen. Fest verkrampft am

Treppengeländer steigt oder besser hüpft man in die Tiefe.

Dort angekommen schält man sich aus seinen vielen Sachen, erledigt sein Geschäft und schaut beim Händewaschen mal in den Spiegel. Doch das hätte ich besser gelassen, denn der Anblick war wie immer furchtbar.

Nach einem halben Tag mit „Oma" (Überziehtuch) und Helm auf dem Kopf, wünschte man sich, man hätte den Helm beim Essen aufgelassen. Aber es war zu spät, jeder wußte, ich war heute nicht die Schönste!

Gut, nun musste man aber auch von der Toilette wieder bergan steigen, das heißt, die Stufen erklimmen. Wieder im Gastraum war man völlig erledigt und brauchte eigentlich noch eine Pause.

In Gastraumhöhe befindliche Toiletten sind und bleiben eine Marktlücke!

Doch da die Lage der Toiletten in der Hütte ja nicht das Allerwichtigste war, genossen wir immer unsere Einkehr bei gutem Essen und einem Jagertee, Glühwein oder Lumumba.

Die Woche vor Weihnachten...

Seit einigen Jahren nutzen einige wenige von unserer Gruppe die Woche vor Weihnachten zum Skifahren. Es liegt meist schon genug Schnee und die Preise für die Ferienhäuser sind gerade noch erschwinglich. So konnten wir Häuser bewohnen, die sehr urig, aber dennoch komfortabel waren und probierten auch für uns neue Skigebiete aus.

Wir als große Gruppe hätten dort in der Saison keine bezahlbare Unterkunft bekommen.

Was soll ich sagen - es machte Spaß. Ein Skigebiet hatte es mir besonders angetan, die Gerlosplatte und Zillertal Arena. Nicht alle Pisten waren leicht zu befahren, aber hervorragend präpariert und meist auch richtig breit.

Da wir nicht weit von der Piste wohnten, waren wir morgens recht zeitig am Lift. Wir waren zu sechst unterwegs und außer uns war niemand da.

Es hatte morgens geschneit, jetzt kam die Sonne heraus und die frische Piste lag wie ein Teppich aus Puderzucker vor uns. Wir stiegen oben vom Lift ab und genossen dieses friedliche Bild.

Berge, Schnee und wirkliche Stille.

Dann erlebte ich die bisher schönste Abfahrt meines Lebens. In den 5cm Neuschnee glitt ich wie auf einer Wolke abwärts, ich fand es toll! Meine Spuren waren eine der wenigen am Berg. Wir fuhren noch mehrmals diese Piste bergab.

Dann wurden es immer mehr Skifahrer und der Zauber war vorbei.

Wir verlebten eine phantastische Zeit in diesen Tagen. Obwohl ich ja kein guter Skifahrer bin, konnte ich mir nun vorstellen, warum manche Leute Heli-Ski fahren oder unbedingt zum Powder Ski nach Kanada wollen. Ich könnte das nicht, habe aber eine kleine Ahnung vom „Wolken-Skifahren" bekommen.

Olaf war uns durch seine Skifahrerkünste ja immer weit voraus. Außerdem suchte er auch für uns die tollsten Pisten heraus. In der Zillertal Arena fuhren wir dank ihm dann so herrliche blaue Pisten wie noch nie. Sie hatten schon vom Ansehen den Titel „Genußskifahren" verdient. Ein jeder von uns fand seine Lieblingspisten, ein Traum.

Gerade auf der Gerlosplatte erlebte ich aber auch, wie kalt es in einem solchen Urlaub werden kann. 2012 waren wir in unserem wunderschönen Ferienhaus angekommen, insgesamt acht Personen.

Nachdem wir unsere Schlafzimmer bezogen hatten war Treffpunkt Küche angesagt.

Karin hatte schon mal den Ofen angeheizt und wie gewohnt gleich hinterher mit dem Staubsauger alle Schmutzreste entfernt. Kochen wollte sie im Urlaub nicht, aber sie war pingelig! Ihre Mahnung „Ordnung am Arbeitsplatz", kam immer mit einem Lachen. Abends saßen wir dann zusammen, es wurde sehr gemütlich.

Während wir noch die Pistenpläne studierten, sah Peter auf's Außenthermometer.... Es wurde von Stunde zu Stunde kälter. Am nächsten Morgen hatten wir schon -15 Grad, und es war noch kälter gemeldet.

Also wurden vier statt drei Lagen übereinander gezogen, mit dem Ergebnis, dass ich mich fast nicht mehr bewegen konnte. Die „Oma" unterm Helm wurde gegen eine Gesichtsmaske getauscht und wir liefen los in Richtung Lift. Dort angekommen merkten wir nichts mehr von der Kälte, denn wir mussten bergauf laufen. Auf den Liften sitzend wurde es allerdings bitterkalt. Es war schon eine Herausforderung, bei diesen Bedingungen Ski zu fahren.

Solange man aktiv war und fuhr, ging es noch, doch vor jeder Liftfahrt wurde es einem bang.

Jeder Tag war eine Überwindung, denn es wurden auch noch -20 Grad.

Eines Tages hatte ich am Nachmittag die clevere Idee mal eine kleine Wäsche zu machen. Nur mal die Skisocken und die Skipullover, also Handwäsche im schönen warmen Wasser. Doch dann kam die Wäsche auf eine Wäscheleine nach draußen. Bei -20 Grad gab es ein tolles Ergebnis. Brettharte Wäsche!

Ich konnte meinen Kurt, also seinen Pullover, in die Stube stellen und seine Socken daneben. Die Kleidung stand wie eine Eins .

Nachdem der Frost die Sachen ausgefroren hatte, trockneten sie in der Stube schnell. Wir mussten noch lange an diese seltsamen Wäschestücke denken.

Die Kälte in dem Winter war für mich aber nicht das große Problem, es sind andere Wetterkapriolen, die mich eher ausbremsen.

Beim Skifahren spielt das Wetter für mich eine wesentliche Rolle, denn die Sichtverhältnisse sind maßgebend für meine Sicherheit. Solange ich im Sonnenschein fahre, ist die Welt in Ordnung und ich genieße es. Deshalb habe ich von Karin und Olaf extra ein Leibchen für mich zum Skifahren bekommen!

Es ist leuchtend grün und für jedermann auf der Piste gut lesbar:

„Schönwetterfahrer Silvia"

Mich haben auf der Piste oder am Lift schon viele Leute angesprochen, weil sie so begeistert von diesem „Statement" sind.

Sobald aber Schatten auf der Piste liegt oder gar Nebel aufkommt, stelle ich mich beim Fahren an wie der „erste Mensch". Das hat sich völlig gewandelt seit meinen ersten Skifahrversuchen.

Damals durfte ich den Berg nicht sehen – heute muss ich viel sehen!

Bei schlechter Sicht macht es wahrscheinlich „klick" im Hirn, der Angstmodus wird eingeschalten und mir gelingen selbst die einfachsten Kurven überhaupt nicht mehr. Daran würde ich in Zukunft noch arbeiten müssen!

Sölden...

Im Jahr 2011 wollten wir vor Weihnachten nach Sölden fahren.

Kurt und ich hatten bei der Planung die Zeit verschlafen. Also war das Häuschen am Berg, in welchem wir alle gemeinsam wohnen wollten, schon voll. Wir hatten uns dann für ein Hotel direkt daneben entschieden. Das war lustig, denn es war Vorsaison und das ganze Hotel wurde von nur 4 Personen besucht. Mein Mann und ich, sowie ein Holländer mit seiner Tochter waren die einzigen Gäste.

Wir bekamen trotzdem eine sehr gute Halbpension und wurden verwöhnt.

Tagsüber waren alle auf der Piste und abends trafen wir uns dann immer mit Karin, Olaf und den anderen in deren rustikalem Häuschen.

Das Zentrum des Hauses bestimmte ein herrlicher Kachelofen. Man konnte auf der Ofenbank sitzen. Der Rücken wurde kuschlig warm und ein leckeres Getränk in der Hand machte das Glück nach dem Skifahren komplett.

In diesem Jahr war sehr wenig Schnee, deshalb war es im Skigebiet schwierig, die Pisten zu präparieren.

Allein der Gletscher war wunderbar zu befahren. So manche andere Abfahrt wurde für mich zum wahren Abenteuer.

Und auch eine Auffahrt! Es war ein sehr steiler Schlepplift, so etwas hatte ich noch nicht erlebt. Dieser war durch eine Schneise im Wald gebaut worden, neben der Fahrspur für die Ski standen noch viele Wurzelstöcke der abgesägten Bäume.

Vom Abfahrtspunkt aus konnte man das Ende des Liftes nicht sehen, es lag weit oben hinter der Bergkuppe. Ich bestand darauf alleine zu fahren, damit hatte ich die besten Erfahrungen. Doch bei dieser Fahrt war das wahrscheinlich falsch.

Ich hatte die Hälfte der Auffahrt geschafft und es ging fast senkrecht nach oben. Einen einzigen Moment war ich unaufmerksam.

Schlagartig wurde ich ausgehoben, meine Ski hingen in der Luft und ich konnte mich nicht mehr am Lift halten. Meine Ski flogen davon, die Stöcke etwas später und ich landete unsanft auf meinem Hosenboden. Dann ging es in rasender Geschwindigkeit rutschend nach unten.

Ich sauste in der Liftspur abwärts immer darauf bedacht, nicht nach rechts in den Wald zu geraten, es war furchtbar.

Als mir die Liftfahrer entgegen kamen, schmiss ich mich nach links um niemanden von den Ski zu holen und es ging immer weiter nach unten. Alle Versuche mit meinen Skischuhen irgendwo Halt zu finden waren umsonst. Schließlich sah ich vor mir die Liftstation – endlich.

Mein Po brannte und mein Puls überschlug sich! Es war schmerzhaft und erfahrungsreich!

Meine Aktion hatte sich schon bis nach oben zum Berg herumgesprochen, Olaf und Rainer kamen mir zu Hilfe. Erst einmal mussten sie jedoch meine Ski und Stöcke einsammeln!

Ein Glück, dass es Familie gibt! Rainer fuhr schließlich mit mir bergan, ein neuer Skitag konnte beginnen.

Doch meine Rutschpartie blieb nicht ohne leichte Folgen, einige Prellungen und Weh-wehchen. Am nächsten Tag blieb ich also daheim. Ich hatte den Auftrag den schönen Kachelofen zu schüren, dass dann am Nachmittag alle ein warmes Heim hätten. Ich heizte schön mit viel Holz und weil das ja nicht so ganz lang anhält, legte ich immer wieder auf den Ofen.

Ich aß etwas, las ein Buch und legte wieder auf den Ofen. Meinen dicken Winterpullover konnte ich nun ausziehen!

Mir ging es richtig gut, bei den Temperaturen fühlte ich mich pudelwohl. Sollte ich vielleicht nochmal auf den Ofen legen?

Dann kamen die Skifahrer heim. Im Haus war es heiß. Der Ofen hüpfte!

Allen lief sofort der Schweiß. Sie konnten sich gar nicht schnell genug aus den Skisachen schälen. Ich hatte meine Sache gut gemacht! Marcus sprang abends noch mit kurzen Hosen draußen im Schnee auf und ab, so hitzig war er. Die sonst so beliebte Ofenbank hatte ich an diesem Abend für mich allein.

Was ich nicht wusste war, dass der Hausverwalter extra gesagt hatte, man solle nur einmal am Tag ordentlich auf den Ofen legen und dann nicht mehr. Außerdem sollte während der Woche höchstens eine Reihe Holz verbrannt werden – oh, je.

Am Schluss wurde das Holz etwas umgestapelt, mit einem großen Loch hinter der 3. Reihe.

Es war ein toller Urlaub mit Ruhetag.

Winterurlaub zu dritt...

Im Dezember 2007 entschieden sich mein Mann und ich mit unserem Hund Eros allein zum Skifahren zu starten.

Wir suchten uns ein kleines, aber feines Hotel in Südtirol aus. Der Ort heißt Sulden und liegt in 1900 m Höhe. Also war hier auch vor Weihnachten sicher mit Schnee zu rechnen.

In Sulden gibt es eines der Messner Moutains Museen. Dies ist einer Gletscherspalte nachempfunden und sehr sehenswert. Das Gebäude ist in einem alten Bauernhof. Dort laufen im Winter Yak´s herum, die im Sommer auf Bergweiden gehalten werden.

Schon die Anfahrt in unseren Urlaubsort war herrlich, sie führte am Ortler vorbei und nach unzähligen Serpentinen gelangten wir in ein wunderschönes Bergdorf. Es sah aus wie das Ende der Welt, ringsherum nur Berge, von hier aus ging es nur hinauf.

Wir fanden schnell unser Hotel, richteten uns in dem kleinen Zimmer mit Balkon ein und machten einen ersten Spaziergang im Schnee.

Langlaufloipen und Skipisten ringsum, wirklich toll. Aber als ich die Hänge sah, war mein Herz schon wieder in der Hose!

Ein Glück, ich hatte meinen Eros ja als Alibi – ich wollte die sein, die mit dem Hund geht! Doch keine Chance, bei uns herrscht Gleichberechtigung, es wurde abgewechselt. Also fuhr mal ich auf dem kleinen Hügel, dann ging es für Kurt mit der Gondel weit über 2000 m und auf die Piste.

Nun ist dieses Skigebiet sicher keins der ganz Großen, aber es wird vielen Wünschen gerecht.

In unserem Hotel wurden wir sehr verwöhnt, nach dem Skifahren schmeckte uns das Essen aber auch nochmal so gut. Jeden Abend gab es ein herrliches 4-Gänge-Menü. Wenn uns mal in der Karte etwas nicht so gut gefiel, wurde man sofort mit einem anderen Gericht überrascht.

Morgens fuhren wir meistens gemeinsam mit dem Skibus zur Gondelbahn. Dann mit der Gondel auf 2600m zur Schaubachhütte, von dort aus begann die Zufahrt ins Skigebiet bis in 3250m Höhe. Es waren gigantische Ausblicke.

Ich wanderte mit dem Hund und Kurt erkundete die Pisten. Mittags trafen wir uns an der Hütte.

Eines Tages verspätete sich mein Mann, ich hatte Hunger, wusste aber nicht wohin mit dem Hund.

Ich wollte ihn nicht an einer Bank anbinden, auf die Gefahr hin, dass ich am Tresen stand und mein Berner samt Bank daneben. Also fragte ich einen nett aussehenden jungen Mann ob er sich zutrauen würde, kurz auf meinen Hund aufzupassen. Er sagte freudig zu. Das Problem war nur, dass er gerade eine Semmel aus dem Butterbrotpapier wickelte. Eros freute sich wahnsinnig und wollte natürlich gern bei ihm bleiben. Obwohl ich ihn mahnte dem Hund zu widerstehen und ihm nichts zu geben, sah ich, als ich mit meiner Suppe wiederkam, wie freundschaftlich die Semmel geteilt wurde.

Eros hatte „Herzen" in den Augen!

Es war mir peinlich, aber eine von vielen netten Begegnungen an diesen Tagen.

So wollte einer der Lifthelfer mir den Hund, einen ausgewachsenen Berner Sennenhund, mit auf einen Sessellift setzen! Er sagte, das ginge schon. Bei mir ging sofort das Kopfkino los: „ Ich sitze auf dem Sessellift. Mein Hund überragt mich und er springt runter. Schließlich müsste ich ihn am Halsband halten."

Das war zu viel für meine Nerven, ich lehnte das Angebot ab.

An den folgenden Tagen ließen wir Eros stundenweise im Hotel, natürlich nach einem ausgiebigem Spaziergang. Dann schlief er.

Ich durfte nun auch oben auf dem Berg Ski fahren. Der Anfang war furchtbar, war ich doch völlig ungeübt mit dem Aufstieg auf den Lift über ein Rollband. Kurt war zwar neben mir, aber ich stürzte so, dass ich ihn fast noch mit auf das Band zog. Der Liftwart war sehr nett und hob mich wieder auf die Füße, mein Mann meckerte.

Die Liftfahrt über sprachen wir kein Wort, in dem Moment konnte ich mich noch nicht einmal an der herrlichen Landschaft erfreuen. Vor lauter Anspannung strauchelte ich beim Abstieg wieder und lag im Schnee, Kurt konnte es nicht fassen!

Ein Hoch auf die freundlichen Italiener, sie hoben mich auf die Ski.

Niemand schimpfte oder lachte mich aus!

Aber ich war in Wut und mir wurde Bang, vor allem, als ich dann noch diese wirklich tollen Abfahrten sah. Eigentlich waren sie breit und wunderbar, aber für mich war der Berg furchtbar steil.

Der Lift fuhr leider nur aufwärts, sonst wäre ich sofort wieder aufgestiegen! Doch da musste ich durch!

Meine Tränen rollten, so dass ich noch nicht mal mehr die Piste sah. Kurt sprach nun beruhigend auf mich ein. Ich schätze, dass er mich sonst nie und nimmer den Berg hinunter bekommen hätte. Er fuhr neben mir und gemeinsam schafften wir es.

Welche Verwunderung!

Nach ein paar Versuchen, auch an einem sehr abschüssig hängenden Berg, wurde es immer besser. Auch wenn mich an dem schrägen Hang eine Skischule mit 6-jährigen überholte. Der Skilehrer schaute zwar mitleidig, aber die Kleinen hatten mit sich zu tun. Am nächsten Tag , als ich fuhr, wusste ich eigentlich schon nicht mehr, warum ich mich am ersten Tag so angestellt hatte. Das Entscheidende passiert immer im Kopf .

Ich genoss nun die grandiosen Pisten, die Berge und Schluchten, es war ein Traum.

Jedenfalls kamen wir am Ende des Urlaubs dazu, doch mal um die Wette zu fahren. Damit ich eine echte Chance hatte, startete mein Mann weiter oben am Berg. Ich nahm allen Mut zusammen und fuhr zum ersten Mal dort die rote Piste.

Als mein Mann ankam, saß ich schon scheinbar „gelangweilt" neben meinen Ski und strahlte ihn an!

Ich war megastolz!

Einen Entschluss fällte ich in diesem Urlaub, nach Südtirol möchte ich nochmal zum Skifahren! Am liebsten wäre mir ein Urlaub auf der Seiseralm, denn dort sollen die Pisten alle „Blau" sein.

Und wieder Urlaub in der Gruppe...

Mein Schwager Olaf war schon wieder seit Wochen auf der Suche nach einer neuen Destination zum Skifahren. Er ist dabei sehr ruhig und zielorientiert, doch irgendwann platzt auch dem entspanntesten Zeitgenossen der Kragen.

Immer nur Absagen! Bezahlbare Unterkünfte für 6 Familien gleichzeitig und in einem Haus zu finden wurde jedes Jahr schwerer. Aber auf Olaf war Verlass, er fand wieder etwas Wunderbares.

Schröcken liegt auf 1200 m Höhe, es ist eine sehr schneesichere Landschaft.

Waren Warth/Schröcken auch damals schon ein sehr schönes Skigebiet und eigentlich ein Geheimtipp, so ist das Gebiet heute mit den Pisten von Lech/Zürs zusammengelegt. Damit ist es eines der größten Skigebiete Europas.

Im Skigebiet im Bregenzer Wald wohnten wir bei Michaela und Stefan in den „Alpina Appartements" in Schröcken.

Wir wurden sehr herzlich empfangen.

Es war eine sehr schöne Unterkunft, in zwei miteinander verbundenen Häusern waren wir alle in unterschiedlich großen Wohnungen untergebracht.

Und das Beste, obwohl wir die Ferienwohnung nicht alleine hatten, durfte unser Eros mit uns in den Urlaub! Er hatte dort viel Spaß und tobte auch mit dem Familienhund unserer Gastfamilie.

Nun kamen wir wieder einmal voll bepackt im Skiurlaub an, das Auspacken und der Transport waren schon die reinste Skigymnastik. Koffer voller Sachen, Skibekleidung, Skiausrüstung, Kisten mit Lebensmitteln, viele Getränke...

Als die Kühlschränke, Schränke, der Balkon und alles bestückt waren, stellten wir wie immer fest, dass wir für mindestens 14 Tage ausgerüstet waren, obwohl wir immer nur eine Woche blieben. Im Kühlschrank war schon eine Flasche Begrüßungs-Sekt für uns deponiert. Neben edlem Geschirr und Gläsern standen Plastik-Sektkelche im Schrank, wozu?

Na für das absolutes Highlight dieses Hauses! Ein im Winter beheizter Whirlpool im Freien zwischen den Häusern, wirklich toll.

Und in diesem Pool durften natürlich keine Gläser zum Trinken verwendet werden.

Man stelle sich vor, meterhoher Schnee ringsum, dann folgt ein schmaler Zugang zu einem in der Kälte dampfenden Pool. Für uns ein Luxus, den wir jeden Tag nach dem Skifahren nutzten.

Wir genossen das warme Wasser im Bikini, mit Mütze auf dem Kopf und dem gefüllten Sektkelch in der Hand oder dem Bier für die Männer.

Einmal waren zwei fremde Pärchen gerade angereist, sie kamen am ersten Tag von der Piste. Als sie ins Haus liefen, sahen sie uns im Pool. Die Frauen beschlossen spontan ihren Sekt zu holen und zu uns ins Wasser zu kommen. Ihre Männer sollten solange kochen.

Wir hatten viel Spaß, waren aber so klug, nach einer halben Stunde das Wasser zu verlassen und ins Zimmer zu gehen. Warmes Wasser, Alkohol und Erschöpfung, das geht schnell auf den Kreislauf.

Nun stiegen unsere Männer in den Pool und genossen die Wärme, aber auch sie waren konsequent. Sogar als unsere Männer in die Wohnung zurückgekehrt waren, blieben die Frauen eine weitere Stunde im Wasser.

Erschöpft mussten sie schließlich von ihren Männern „abgeschleppt" werden.

Sie konnten sicher nichts zu Abend essen, am nächsten Tag konnten sie leider auch nicht auf die Piste. Luxus ist manchmal gewöhnungsbedürftig!

Pistenpläne sind was Feines...

Barbara und ich brüteten meist schon am ersten Abend über dem Pistenplan, wie kommt man am leichtesten und wenn möglich über blaue Pisten den Berg wieder runter.

Wir merkten uns dann genau die Nummern der Pisten, die wir fahren wollten, denn wenn gleich daneben eine schwarze Piste abwärts geht, könnte das für uns schlimm enden. Wir waren gut vorbereitet, es konnte losgehen. Schwierig wäre es nur geworden, wenn plötzlich einige der ausgewählten Pisten wegen Schneemangel ausfallen würden.

Doch in diesem Skigebiet gab es wohl eher zu viel Schnee.

Das Skigebiet war groß genug, dass es uns nie langweilig wurde, wir fuhren hoch, und saßen noch recht entspannt im beheizten Sessellift. Nun konnten wir von oben die herrliche Landschaft genießen, es war wunderschön. Wir hatten einen tollen Ausblick auf das gesamte Arlberggebiet.

Wir fuhren los in Richtung Familienabfahrt und zwischendurch mal die „9" runter, es machte wirklich Spaß.

Mittags wollten wir uns mit den anderen von unserer Gruppe in einer   Hütte auf der „20" treffen. Also fuhren wir in diese Richtung. Und wirklich hatten alle den Treff erreicht, es gab lecker zu Essen.

Für Rainer galt das hier als das spektakuläre „Leberkässemmel-Himmelreich". Die Abfahrt ins Tal war zwar hier etwas schwerer für mich, aber runter kommt man ja bekanntlich immer....

Nun wieder hoch mit dem Lift und dann die „21" runter , so waren wir gut unterwegs und wir fuhren bis zum Aprés Ski weiter. Die Pistenbezeichnungen waren für uns alle sehr wichtig, damit wir uns immer am geplanten Ort wiederfanden. Oder aber, dass die Männer abends mit dem richtigen Lift nach oben fuhren, um Richtung Skibus heimwärts zu gelangen.

Unsere besser skifahrenden Freunde lachten immer wieder über uns, wie wir uns manchmal krampfhaft von Piste zu Piste hangelten, schließlich konnten sie ja viele Abkürzungen über schwere rote oder gar schwarze Pisten nutzen. 15.00 Uhr war Treffpunkt an der „Jägeralp", Tagesausklang für die Mädels mit Glühwein, Jagertee oder Lumumba.

Es wurde immer super Musik gespielt.

Wir tanzten, sangen und hatten Spaß. Die Männer tranken kurz etwas und fuhren nun weiter Ski.

Nachdem ihre oft langsamer fahrenden Frauen weg waren, wurde ordentlich aufgedreht. Rasend schnell fuhren sie noch einmal das gesamte Skigebiet ab, ehe der letzte Lift aufwärts fuhr und nahmen dann die Talabfahrt nach Schröcken.

Wir Mädels fuhren mit dem Skibus zu unserer Unterkunft, dort trafen wir uns dann oft bei Barbara zum Kaffee. Das hatte seinen besonderen Grund, denn Dieter hatte statt Skiausrüstung etwas ganz Wichtiges von daheim mitgenommen. Den Kaffeeautomat! So hatten auch die verwöhntesten Kaffeetrinker nichts zu meckern und bekamen etwas Leckeres.

Danach wurden dann Badesachen angezogen und Mützen aufgesetzt, ab ging es in den dampfenden Whirlpool. Entspannung pur, zumindest bis die Männer vom Bus kamen und auf uns die ersten Schneebälle zuflogen.

Was für ein herrlicher Urlaub! In Schröcken fühlten wir uns einige Jahre in den Winterferien sehr wohl.

Funkenfeuer...

In Schröcken erlebten wir eine alte Tradition im Vorarlberg-Gebiet: das Funkenfeuer.

Wir fuhren von unserer Wohnung aus mit dem Skibus zur Ortsmitte, dort erwartete uns ein Gebilde der besonderen Art. Auf einem freien Platz war ein riesiger Holzturm aufgebaut worden, unten sehr dicht und nach oben hin lockerer zusammengestellt. Unser Wirt Stefan hatte uns erzählt, dass die Holztürme bis 30 m hoch sein können und das „Winterverbrennen" symbolisieren.

Für uns war dieses Fest eine schöne Bereicherung unseres Winterurlaubs.Dick angezogen erwarteten wir das Anzünden des Holzstapels, jeder schon mal mit einem Glühwein in der Hand.

Nun wurde das Feuer an mehreren Stellen entfacht und wir erlebten ein Riesenspektakel. Es wurde laut, hell und warm. Schicht für Schicht brannte das Feuer ab. Eine Band spielte Musik und die Leute feierten und tanzten. Aus der Umgebung kamen Urlauber und Einheimische.

Feuer ist etwas mystisches, man fühlt sich davon angezogen und man hat gleichzeitig einen großen Respekt davor. Dieses Feuer war sehr groß und wir hatten derartiges noch nicht mitgemacht.

Bei guter Laune mit all unseren Freunden unterwegs wurde es wieder feuchtfröhlich. Der Glühweinstand wurde zu unserem Treffpunkt. Unsere Jugend war besonders gut drauf, wir hatten zu tun, alle gemeinsam wieder zum Bus zu kommen. Gerade noch erwischten wir den letzten Bus, nur um festzustellen, dass er total überfüllt war. Denn wir waren nicht die Einzigen, die dieses Fest in vollen Zügen genossen hatten.

Rainer stieg als letzter ein, der Busfahrer war nicht drin, also saß er auf dessen Platz. Wir dachten: er wird doch wohl nicht...! Rainer erzählte gerade sehr ausschweifend, dass ER uns jetzt heimfahren würde.

Da kam zu Glück der Busfahrer gerannt, er eroberte seinen Platz wieder und brachte uns wohlbehalten heim.

Was für ein tolles Erlebnis!

Stress am frühen Morgen...

Während im Winterurlaub die Abende ruhig und besinnlich verlaufen, gibt es morgens nur ein Ziel, besonders für unsere Männer:

Wir mussten pünktlich den Skibus erreichen, um auf die Piste zu kommen!

Der große Vorteil einer Ferienwohnung besteht darin, dass das Frühstück auch mal in Skiunterwäsche eingenommen werden kann.

Alle kennen und mögen sich, da geht das schon. Also morgens Tisch decken, Kaffee zubereiten und dann lecker frühstücken. Für's Abräumen und die Spülmaschine bestücken gab es einen Plan, abends klappte das genau so gut, auch beim Kochen, da sind wir ein Team.

Doch am Morgen waren wir dann echt im Stress. Alle Toiletten ständig besetzt! Der Hund musste unbedingt nochmal raus.

Schnell in die Skisachen geschlüpft, oder lieber doch nochmal aufs Klo? Nachdem Lage 1, Lage 2 und Lage 3 übereinander angezogen waren, verließen nun alle die Wohnung und wir fanden uns im Skiraum wieder.

Dort war der Teufel los, 10 Leute auf gefühlten 10 Quadratmetern!

Außer den Leuten sind im Skiraum aber auch alle Ski, Stöcke und Skischuhe, sowie diverse Schlitten. Es ging zu wie in einem überfüllten Omnibus.

In dieser Situation und Enge ohne Hüftschaden oder Zerrungen in die Skischuhe hineinzurutschen war schon eine Leistung. Dann stand man drin in diesen „Betonklötzen" und sie wurden ja auch noch festgezurrt.

Da ich das fast nie alleine geschafft habe, kniete mein lieber Mann dann regelmäßig vor mir und bearbeitete meinen Schuh.

Gekniet hat er vor mir noch nicht mal beim Heiratsantrag, es ist ihm also hoch anzurechnen. Falls mein Mann mit seinen kaputten Knie mir mal nicht mehr helfen könnte, würde ich wohl das Skifahren aufgeben müssen.

Oder gibt es vielleicht professionelle „Skischuh-Boy's"?

Nun die „Oma" über den Kopf, Handschuhe und Helm nicht vergessen und auf ging es zum Bus. Fröhlich quatschend stiegen alle in den Bus, nur einer fehlte, Marcus. Wie immer kam er mit wehenden Klamotten und seinem Snowboard in letzter Sekunde.

Wir hatten den geplanten Skibus geschafft, die Männer waren schon mal zufrieden. Sie kamen rechtzeitig zum Lift!

Es gab ein Jahr, da wurde schon die Fahrt mit dem Bus früh zum Lustspiel, denn wie jeden Morgen stieg an einer Haltestelle eine denkbar merkwürdige Familie ein. Wir nannten sie „Die Chaosfamilie".

Der Vater kam sehr raumgreifend mit seiner Skiausrüstung und Rucksack zuerst. Dann folgten zwei Kinder mit ihren Stöcken und zuletzt die Mutter, die wahrscheinlich nicht Ski fuhr, mit ihrem Rucksack und den Brettern der Kinder.

Als alle glücklich im Bus standen ging jeden Tag auf's neue das Spiel los. Die Frau lamentierte mit Händen und Füßen und schob dabei alle Ski um. Diese flogen durch den Bus und die ganze Familie versuchte die entfleuchenden Ski wieder aufzulesen. Dabei stießen sie aber mit ihren Rucksäcken die Leute um. Wir konnten uns vor Lachen kaum noch im Sitz halten,

….und das die gesamte Urlaubswoche lang!

Die Frau hatte dabei noch so eine unverkennbare, Mütze „Marke Urgroßmutter" auf, dass wir jeden Morgen schon auf die zu erwartende Show lauerten.

Aber auch sonst waren die Busfahrten immer sehr schön und voller Erlebnisse. Jeden Tag fuhren wir durch eine Schneise von meterhohen Schnee. Das war gewaltig.

Der Winterdienst in Österreich arbeitete wirklich toll, und die Busfahrer beherrschten ihre Fahrzeuge.

Immer wieder konnten wir sehen, wo frische kleinere Lawinen abgegangen waren, da zeigte sich die Kraft der Natur. Abgeknickte Bäume und Schneemassen lagen am Berg.

Fast jeden Tag sahen wir, wie Gämsen sich ihre Wege ins Tal suchten. In kleinen Gruppen sahen wir die schönen Tiere springen.

Angekommen an der Liftstation, wurden die Skischuh ganz festgeschnallt, und wieder einmal kniete mein Mann vor mir!

Wir schauten, was die Leute unserer Gruppe heute so für Sachen angezogen hatten. Das war wichtig, um sie schon von weitem auf der Piste oder vom Lift aus zu erkennen. Bei einigen von uns wechselten die Sachen ja sehr oft, aber Barbara und ich sind da eher etwas konservativer.

Bei Wilma und Ronny mussten wir immer neu nachschauen, denn sie wechselten die Ski-Outfits täglich. Sie hatten sicher 3 Koffer dafür mit.

Barbara und ich hatten uns mal fest vorgenommen, wenn wir 10kg abnehmen, würden wir uns auch mal ganz auffällige Skisachen kaufen.

Dazu wird es wohl nie kommen, schade. Dann sparen wir das Geld für später! Eine super Investition war meine Softshell-Skihose, die macht alle Gewichtsschwankungen mit!

Nun stiegen wir aber auf die Ski und es erwartete uns eine tolle Schneelandschaft.

Wir fuhren wieder in den bekannten Gruppen und schon mittags in der Hütte gab es viel zu erzählen.

Karin war eigentlich immer mit den Männern unterwegs, sie fuhr hinter Olaf her und konnte fast alle Pisten gut bewältigen. Wenn Olaf dann doch mal eine ganz schwierige schwarze Piste fuhr, wurde eine andere Option für sie gefunden.

Eines Abends berichtete sie uns dann, dass auf einer flotten Abfahrt ihre Ski geglüht hätten! Das heißt, es hätte wirklich verbrannt gerochen. Welch ein Wunder im kalten Schnee! Da sag einer es gäbe kein Skifahrerlatein!

So was kennt man sonst nur von Anglern.

Schneesturm...

Eines Tages sagten unsere Wirtsleute schon morgens, dass es die ganze Nacht geschneit hätte und die Pisten heute sicher nicht geräumt wären.

Außerdem war weiter Sturm gemeldet. Wir nahmen den Skibus trotzdem. Als wir am Berg ankamen, sahen wir - dass wir nichts sahen.

Um uns nichts als Schnee, die Flocken waren riesig und sie flogen dicht um uns herum. Von all den vielen Liften fuhr nur ein kleiner Sessellift.

Ich stand mit meinen Ski einfach nur da, noch unschlüssig, ob ich gleich in die Hütte einkehren oder einen Versuch mit meinen Ski wagen sollte.

Auf einmal erwischte mich eine Windböe! Es hob mich im Stehen aus und ich lag am Boden, obwohl ich noch keinen Meter gefahren war. Statt mich aufzurappeln, musste ich gleich als Photoobjekt herhalten, ich war „Vom Winde verweht".

Doch anders als in einer Romanze ging dies mit einer Menge Gelächter einher.

Also durfte ich doch erst einkehren und aufwärmen, vielleicht würde es ja noch besser. Prost! Prost! Prost!

Der Wind ließ etwas nach, also fuhren wir den kleinen Hang mit ganz viel Schnee hinunter. Wir sanken fast bis zu den Knien ein, dafür ging es aber sehr langsam bergab.

Meine Nichte Luisa, ein sehr schlankes Mädchen, „fliegt" normalerweise auf den Pisten wie eine Feder dahin. Es ist eine Freude ihr zuzusehen. Dieses Wetter und der schwere nasse Schnee brachten sie jedoch aus der Bahn. Wir sahen wirklich nicht, wie weit die Piste ging, da die Ränder nicht zu erkennen waren. Luisa fuhr zu weit links, kam in den Tiefschnee und verlor dabei einen ihrer Ski. Was für ein Drama, die Ski waren doch noch neu!

Man konnte auch nicht nachvollziehen, wo der Ski unter dem Schnee wirklich steckte, denn vielleicht war er ja unter der Schneedecke weiter gerutscht. Bei der Suchaktion bewegte Olaf Schneemassen ohne Ende. Die Männer halfen, aber waren wenig erfolgreich. Alle rutschten auf allen Vieren und gruben mit ihren Händen! Wie bei einer Lawinensuchaktion. Tatsächlich fanden Olaf und Marcus den Ski einige Meter unterhalb der Stelle, wo Luisa steckengeblieben war. Ein Glück!

Am nächsten Tag war zwar der Sturm weg, aber es lag trotzdem sehr viel Schnee auf den Pisten. Die Pistenraupen hatten nicht alles geschafft, denn es hatte in der Nacht weiter geschneit.

Marcus war mit seinem Snowboard unterwegs, er wollte nun mal abseits der Piste fahren, da es ja im Tiefschnee besonders gut gehen sollte.

Eine Weile ging das Fahren wunderbar. Doch dann trafen wir Marcus nicht mehr wie verabredet am Lift. Susan war kurz davor, die Krise zu kriegen. Also hielten alle Ausschau. Dann, oben vom Lift entdeckten wir ihn.

Markus steckte bis zum Oberkörper im Schnee und schaufelte wie wild mit seinem Board. Er kam immer nur ein paar Zentimeter nach oben. Er kämpfte mehrere Stunden und erzählte uns dann, dass das Schwierigste war, das Bord überhaupt aus dem Tiefschnee rauszubekommen. Schließlich musste er zuerst mit seinen Händen nach dem Board und den Bindungen graben. Er wollte es nicht aufgeben, und brauchte es, um sich dann mit dem Brett zu befreien.

Es war ein Kraftakt.

Am Nachmittag hatte sich der Schnee zu großen Haufen auf den Pisten zusammen geschoben. Das sind für mich schlimme Bedingungen. Ich fuhr auf dem schnellsten Weg ins Tal und ließ den Tag ausklingen.

Meine Tochter fuhr am nächsten Tag mit ihren Ski in einen solchen Schneehaufen und überschlug sich, ein Ski brach, Totalschaden! Die Tränen liefen. Es war sicher nicht schön, aber nur ein Ski!

Carolin bekam als Vorschuss auf das nächste Geburtstagsgeschenk neue Ski und konnte den Urlaub am Berg weiter genießen.

Zwei Jahre später blieb ein solcher Sturz bei Carolin nicht ohne Folgen. Der Unfall geschah auf der gleichen Abfahrt, und wieder waren Schneeanhäufungen auf der Piste die Ursache. Dabei blieben die Ski zwar heil, doch sie zog sich einen Bänderriss zu. Mit einem Pisten-Bully wurde sie ins Tal gebracht.

Wir wurden telefonisch alarmiert und fuhren wir in die Chirurgische Praxis nach Warth. Diese war sehr günstig gelegen, gleich neben der Piste. Der Arzt kannte sich also mit solchen Unfällen aus! Wir konnten uns nicht vorstellen, das eine solche Verletzung in den festen Skischuhen überhaupt möglich ist, doch der Arzt sagte, trotz der Skischuhe käme es sogar manchmal zu Fußgelenk-Frakturen.

Carolin hatte Schmerzen und wollte es nicht wahr haben, dass ihr das als guter Skifahrer auch passieren konnte.

Die restlichen Urlaubstage verbrachte sie mit Krücken und Verband in der Ferienwohnung. Daheim kurierte sie ihren Bänderschaden dann vollständig aus.

Der Schneefall im Skigebiet hielt weiter an, so fuhren wir an diesen Tagen immer nur verkürzt Ski, wir wollten nicht auch noch Verletzungen riskieren. Aber auch aus solchen Tagen machten wir ein Highlight.

Dann gab es im Hof eine Glühweinparty mit Schneeballschlacht und Schneemannbauen. Die Schneemauern zwischen den Häusern waren oft einige Meter hoch.

Wir mussten oft suchen, wo unser Hund gerade herumsprang und wo die Kinder mit ihren Poporutschern den Hang hinunter rasten. Aber eigentlich war es kein Problem, denn wir konnten sie hören!

Pfeffi – bei Erkältung äußerst wirksam...

Skifahren ist wirklich schön, doch wenn die Berge dann mal schwierig werden, läuft mir der Schweiß. Hatte ich dann auf dem Lift noch ordentlich gefroren, war es schon passiert.

Husten und Schnupfen hatten mich erwischt!

Ich hatte mir schon alle möglichen Tabletten gegen meinen Infekt eingeworfen, doch keine Besserung trat ein. Von meinen Leuten in der Wohnung wurde ich gemieden, denn anstecken wollte sich keiner.

Wenn ich doch nur ein Erkältungsbad da hätte, schließlich hatten wir eine Badewanne, das würde sicher helfen.

Aber Not macht erfinderisch, ich hatte die zündende Idee. Auf unserem Fensterbrett standen 3 Flaschen Pfefferminzlikör, die mussten doch auch irgendwie wirksam sein. Doch trinken wollte ich so was nicht. Ich holte mir die Genehmigung, dass ich den Teil einer Flasche zweckentfremden dürfte.

Dann machte ich mich mit meiner Flasche auf den Weg ins Bad. Ich hatte schönes warmes

Wasser eingelassen, mein Erkältungsbad Marke „Pfeffi" hinein gegossen und stieg in die Wanne.

Ich hörte das Gelächter meiner Mitbewohner hinter der Badtür, sie waren gespannt, was passieren würde. Es war schon ungewöhnlich, die ätherischen Öle - oder auch der Alkohol wirkten perfekt. Ich genoss jede Minute und inhalierte intensiv. Langsam wurde ich müde, jeder Muskel entspannte.

Immer wieder tief einatmend schwebte ich in meiner Wanne, es war ein Erlebnis.

Natürlich musste ich mich nun gut abspülen, um nicht zu kleben wie ein Pfefferminzbonbon!

Ich stieg mit einiger Mühe wieder aus dem Bad und meine Familie erlebte ein wahnsinniges Farbenspiel, das Wasser war grün und ich war blau!

Mir ging es am nächsten Tag etwas besser, an Skifahren war aber nicht zu denken. Also nahm ich unseren Hund, ein Buch und fuhr schön warm angezogen zum Berg.

Dort machten wir einen kleinen Spaziergang bis zur Jägeralp. Hier standen wunderschöne Strandkörbe am Hotel, direkt unterhalb der Piste.

Sehr gemütlich!

Mit einem heißen Tee, warm eingepackt und Eros zu meinen Füßen konnte es mir nicht besser gehen. Ab und zu liefen wir ein Stück, damit wir nicht einfroren. Dann gab es wieder einen frischen Tee, diesmal mit Rum und ich ruhte schön in eine Decke eingewickelt. Es war herrlich.

Ich hatte dabei auch einen wunderbaren Rundumblick und konnte unsere Skitruppe schon von Weitem sehen. Schließlich trafen sich hier wie jeden Tag alle zum Aprés Ski.

Es wurde erzählt, der Tag ausgewertet und auch mein tolles Krankenlager begutachtet.

So etwas hat nicht jeder, war die einhellige Meinung.

Und abends haben alle Hunger...

Wie schon erzählt, bevorzugten wir stets eine Ferienwohnung, und hatten damit keine Verpflegung am Abend. Wir hätten auch zum Essen in ein Restaurant fahren können, aber dazu hatten wir keine Lust mehr. Es fragt sich auch, ob wir nach dem Glühwein und dem Sekt im Whirlpool noch fahrtauglich waren.

Der Kühlschrank war gut gefüllt. Jeder hatte sich im voraus überlegt, was er für uns alle kochen wollte. Man kann aber sagen, dass wir uns wie in jedem Winterurlaub auf die schnelle (aber leckere) Küche konzentrierten.

Karin hatte ihren Sandwichmaker mitgebracht und machte tolle Kreationen, außerdem gab es überbackene Schnittchen. Die Männer kümmerten sich um leckere Getränke, der „Küchensekt" war obligatorisch.

Ich war wie immer für den Spaghetti-Abend zuständig. Das war nun auch schon Tradition. Im ganzen Haus roch es herrlich nach Knoblauch, der gehört unbedingt in zwei meiner Soßen.

Ich kochte also Spaghetti wie für eine ganze Kompanie. Dann machte ich drei feine Gerichte daraus: „Spaghetti Aglio e olio", „Spaghetti carbonara" und Spaghetti mit meiner Spezialtomatensoße.

Zutaten dafür sind unbedingt Zwiebeln, Tomaten in Stückchen, Tomatensaft, Knoblauch, gebratene Schinkenwürfel, Pfeffer, Peperoni und Salz. Ein einziges Jahr hatte ich die Garnelen für „Aglio e olio" daheim vergessen. Es wurde sofort bildlich per Foto festgehalten, dass auf den Tellern KEINE Garnelen waren! Ich bekam Punktabzug und es wurde arg gelästert! Schließlich besteht die ganze Familie nur aus Genießer!

Jeden Abend saßen wir mit dicken Bäuchen da und verlangten nach einem Verdauungsschnaps. Wir brauchten keine Gaststätte! Außerdem hatten wir eine waschechte Köchin dabei, die aber immer betonte, im Urlaub nicht kochen zu wollen!

In Barbara ihrer Wohnung waren mehr Zimmer. Dort waren auch 2 ihrer Kinder mit Familien untergebracht, dementsprechend wurde noch ausgiebiger gekocht. Manchmal gingen die Kinder von Wohnung zu Wohnung und schauten, was es bei den anderen zu Essen gab, natürlich mit Verkostung!

Für uns alle war jeder Tag ein Fest.

Abends trafen wir uns dann meistens in der größten Ferienwohnung zum Spielen.

Die Männer hatten immer genug Bier dabei, Kurt meist ein kleines Fass leckeres „Selbstgebrautes"!

Das wurde besonders begutachtet und verkostet. Dieses Bier kommt aus dem kleinen Brauhaus in unserem 160-Seelen-Dorf Schweickershausen. Hier wird ein altes Braurecht weiter wahrgenommen und im Frühjahr und Herbst genutzt. Kurt braut in einer Braugruppe mit 8 bis 10 Leuten und einem Braumeister. Dabei kommen für ihn zweimal im Jahr je 120 ltr Bier in die Fässer. Eins davon ist immer für den Winterurlaub reserviert.

Wir Frauen hatten die traditionelle Bowle, Sekt und Wein. Auch Olaf sein Birnenschnaps war sehr lecker!

Es ging uns hervorragend.

Die Spiele waren über einen riesengroßen Tisch verteilt, so dass sich dann Grüppchen bildeten, die miteinander spielten. Barbara ist unser Experte, sie findet jedes Jahr neue und interessante Spiele für uns. Doch auch Klassiker wie Tabu, Kartenspiele und Kniffel waren immer wieder spannend.

Kurt und ich hatten bei Bekannten ein neues Spiel kennengelernt: Mexican-Train-Domino. Das ist sehr unterhaltsam und für alle Altersgruppen geeignet, wir spielten oft über mehrere Stunden.

Olaf glaubte das Domino mit Logik beherrschen zu können, doch das klappte nie! Immer wieder gab es neue Überraschungen oder „Störungen" im Spiel.

Wir hatten viel Spaß und waren auch nicht immer leise! Es ist kaum zu glauben, aber bei uns hatten immer Alt und Jung die gleiche Freude daran. Das ist sicher auch ein Grund dafür, dass unsere Kinder und sogar Enkel jedes Jahr wieder gern mit uns in den Winterurlaub fahren.

Die Ski-Truppe wird größer....

Schröcken wurde für mehrere Jahre unser Winterurlaubsziel im Februar. Weil es hier wirklich schön war und sich der Spaß in unserer Gruppe herumgesprochen hatte, wurden wir mehr Leute.

Eine jede unserer Skifahrer-Gruppen wurde dadurch bereichert. Nancy und ihre kleine Tochter fuhren mit Barbara und mir auf den leichteren Pisten. Ihre große Tochter und André waren mit unseren „Profis" unterwegs. André stellte sich sofort als Harakiri-Fahrer heraus, wir konnten manchmal nicht hinschauen!

Wilma und Ronny gehören zu den besten Skifahrern, die ich erlebt habe. Dabei können sie obendrein noch super Snowboard fahren, meine Hochachtung! Sie sind Freunde von Olaf und Karin, wie sie sich in unsere grosse Skifahrerfamilie mit einfügten, das war einfach toll.

Dann war noch ihr Sohn Bruno dabei, er war für gefühlte 6 Jahre in der Skischule für Ski und Snowboard. Aber nicht etwa, weil er nicht fahren konnte, nein!

Er war auf der Piste einfach nicht zu halten!

Schon als kleines Kind hatten ihm seine Eltern einen Zettel mit Telefonnummer und Namen in den Skianzug gesteckt, falls er mal verloren geht, das war gut so.

Wilma bekam nicht nur einen Anruf, an welcher Liftstation er gerade abzuholen war, sondern mehrere. Er war immer viel schneller als alle anderen unterwegs auf den Pisten. Bruno ist heute als Jugendlicher ein so guter Fahrer, dass er glatt als Ersatz für Felix Neureuther antreten könnte! Eigentlich traurig, dass solche Talente nicht für den Profisport entdeckt werden.

Für Marcus wurde das Snowboard fahren nun auch besser, er musste nicht mehr alleine unterwegs sein, und so mancher hohe Berg wurde von Ronny und ihm erklommen, um dann im Tiefschnee hinab zu gleiten.

Dafür fuhren einige unserer ehemaligen Truppe nicht weiter mit uns in den Urlaub.

So auch Harald und Dagmar mit Familie, deren herrliches Lachen uns aber sehr fehlte! Sie verabschiedeten sich in andere Skigebiete, blieben aber dabei immer mit uns in Verbindung.

Skifahren als große Gruppe ist für mich die optimale Lösung, auch wenn am Tag jeder etwas anderes macht.

Dieser Zusammenhalt ist auch wichtig. Wenn auf der Piste mal ein Notfall auftritt, und man sich gerade noch bergab kämpfen kann, wurde schnell jemand informiert, der schon eher am Nachmittag heimwärts gefahren war.

An der Pension standen ja immer die Autos bereit, um „Fußkranke" abzuholen.

Vor Weihnachten in Mittersill...

Karin und Olaf hatten im Herbst eine neue Pension im Gebiet „Kitz-Ski" entdeckt. Nun wollten wir sie vor Weihnachten 3 Tage zum Skifahren testen. Nach einer langen Anfahrt kam nun noch eine scharfe Kurve, und schon standen wir vor unserer Unterkunft.

Wir wohnten im „Alpenhof" bei Martina und Franz in der Nähe von Mittersill.

Die Ferienwohnungen waren schön,geräumig und modern, es fehlte an nichts. In den Bädern waren die Saunen für jede Wohnung gleich integriert. Das ist super für die Erholung nach einem langen Skitag.

Wir waren kaum angekommen und hatten ausgepackt, da empfingen uns unsere Gastgeber schon mit dem von Franz selbstgemachten Zirbenschnaps! Die Pension hat einen tollen großen Frühstücksraum. Hier kann man sich super treffen, spielen und Spaß haben.

Martina und Franz stellten sich vor und nahmen uns ganz herzlich auf. Ihre damals noch kleine Tochter Romana plapperte lustig drauf los. Wir mussten lachen, weil wir nur die Hälfte verstanden.

Sie sprach einen herrlichen Akzent. Als sie über ihren Opa sprach, bleibt uns ihr „Großvattr" immer in Erinnerung. In dieser familiären Umgebung fühlten wir uns gleich wie zu Hause.

Am ersten Abend hatten wir schon viel Spaß und mit dem Pistenplan bereiteten wir uns auf die folgenden Tage vor. Franz gab uns Tipps und wir kauften gleich bei ihm die Skipässe.

Am nächsten Morgen, gestärkt von einem hervorragenden Frühstück, ging es rauf zum Skibus. Wir schnauften den Berg vor der Pension hinauf, Skigymnastik brauchte ich heute definitiv nicht!

Doch da gab es ein Problem, meine alten Skischuhe erwiesen sich als nicht mehr brauchbar. Ich hatte noch keine neuen, deshalb borgte ich mir die alten Schuhe von Olaf. In der Länge passten sie ja prima, aber in der Breite schwamm ich doch ganz schön. Mal sehen, ob das gutgehen würde.

Nun in die Ski und auf die Piste!

Die Pisten waren super und ich fuhr auch richtig gut. Ich wurde sogar gelobt und dann befragt, ob meine Fahrkünste an den geborgten Schuhen liegen würden?

Wir waren nur zu viert unterwegs, also musste ich bei den andern bleiben. Sie fuhren manchmal die Pisten zweimal, ehe ich einmal unten war, aber egal. Doch dann:

„Meine Füße meldeten Alarm – die Schuhe!"

Geborgte Schuhe sind wohl doch nicht optimal!

An der "Sonnalm" angekommen, legte ich eine Pause ein. Ich machte es mir in einem der bequemen Liegestühle gemütlich. Die Sonne schien und es gab eigentlich nichts Schöneres.

Auf dem Weg zur Toilette – mal wieder im Keller, hatte ich eine ungewöhnliche Begegnung. Ich traf auf einen Skifahrer mit Schottenrock und nackigen Beinen. Er sah toll damit aus, sprach englisch und war sicher ein waschechter Schotte. Als wir treppauf liefen, ich hinter ihm – hätte ich ja zu gern mal nachgeschaut, ob da was dran ist:

„Unter dem Schottenrock ist gar nix ..." .

Ich habe mich nicht getraut zu gucken oder zu fragen! Schließlich kamen Karin, Olaf und Kurt bei mir an. Ich machte sie auf diesen besonderen Skifahrer aufmerksam und wir sahen ihn noch auf der Piste im Rock wedeln.

Wir haben sehr lecker in der Hütte gegessen und genossen bei Jagertee oder Lumumba die Sonne, herrlich.

Meine Füße ließen leider weitere Abfahrten nicht zu, die Zehen schmerzten. Karin und ich fuhren die Familienabfahrt hinunter, wegen Eisplatten auch noch im Schneepflug.

Das gab meinen Zehen den Rest! Nun fuhren wir mit dem Bus nach Hause. Den Berg hinab zur Pension musste ich schon rückwärts laufen, ...es tat weh.

Meine Hausschuhe lachten mich an, oh was für eine Wohltat. Ich kühlte meine Zehen und wusste noch nicht, ob ich am nächsten Tag wieder auf die Piste könnte. So packte ich mir schon mal einen kleinen Rucksack für den nächsten Tag. Das Wichtigste war ein Buch, so konnte ich die Zeit auch in der Hütte verbringen.

Am nächsten Morgen gab es wieder ein leckeres Frühstück. Ich warnte Franz schon vor, dass ich eventuell früher von der Piste käme. Kein Problem – ich konnte ja in die Wohnung und auch zum Kaffeeautomat im Frühstücksraum!

Dann wieder den Berg hinauf schnaufen, bergauf taten die Füße nicht weh, aber Skifahren geht nun mal bergab!!! Es kam, wie ich es mir dachte, nach der ersten Abfahrt ging nichts mehr.

Ich gab auf, ließ die anderen weiterfahren und verbrachte den Vormittag in einer Hütte an der

Gondelbahn. Hier konnte ich sitzen und lesen und auf meine Familie warten. Wir machten noch gemeinsam Mittagspause, dann fuhr ich mit der Gondel nach unten und mit dem Bus heim. Die geborgten Skischuhe flogen in die Ecke, ich wollte sie nicht mehr.

Franz begutachtete meine inzwischen blauen Zehennägel und sagte, so etwas hätte er noch nicht gesehen!

Die folgenden Tage blieb ich in der Pension oder fuhr mit dem Auto nach Mittersill, es wurde nicht langweilig. Im Nationalparkmuseum erlebte ich einen lehrreichen Tag, es ist informativ und abwechslungsreich. In der Pension wurde ich sehr von Martina und Franz verwöhnt, es war trotzdem ein schöner Winterurlaub.

Ich kaufte mir daheim in Deutschland dann neue passende Schuhe, aber erst, als die Zehennägel abgingen und neue wuchsen! Es wurde eine schmerzhafte Erfahrung.

Eins habe ich aber daraus gelernt, man sollte immer nur mit seinen eigenen und für sich selbst angepassten Skischuhen fahren. Bei mir sind die Zehennägel in den Skischuhen immer mein Schwachpunkt geblieben.

Im Folgejahr waren wir vor Weihnachten schon mehr Leute in der Pension bei Franz und Martina. Wir konnten uns wieder aufteilen in besser und schlechter Fahrende.

Barbara, Susan und ich waren ein Dreamteam. Susan wurde an schwierigen Pisten vorgeschickt.

Dann bekamen Barbara und ich die Information, ob wir die Abfahrt überleben würden oder nicht. Auf ihre Einschätzung konnten wir uns voll verlassen. Endlich mal jemand, der nicht schon im Vorhinein sagte, dass es doch ganz einfach wäre.

Also fuhren wir den ganzen Vormittag und suchten uns dann die schönsten Hütten für die Mittagspause aus. Am Anfang der Vorweihnachtswoche war das noch ganz erschwinglich, doch am Ende unseres Urlaub´s gingen die Preise sprunghaft in die Höhe.

Wir waren schließlich in der Nähe von Kitzbühel!

Da kehrten wir doch am Nachmittag lieber in „unserem Alpenhof" ein. Dort gab es eine tolle Jause!

Am Berg vor der Pension rutschten wir vorsichtig hinunter. Dieser Weg war steil und glatt. Barbara und ich wünschten uns von Franz eine Rolltreppe! Wir bekamen sie nie.

Dafür gab es von Franz gleich nach unserer Ankunft einen Schnaps, wahrscheinlich für unsere Tapferkeit.

Franz und Marina hatten eine Jause vorbereitet und sich damit selbst übertroffen:

Würstchen, Schinken, Käse und noch dazu ein warmer Apfelstrudel mit Vanillesoße. Dazu Kaffee, Kakao, Bier oder Wein.

Außerdem war die Musik im Frühstücksraum so toll, dass wir alle noch in unseren Skischuhen anfingen zu Tanzen. Wir hatten großen Spaß. Franz sagte, ich würde mit den Skischuhen wie eine Feder tanzen – ich wusste noch nicht, dass Pferde Federn haben. So „leichtfüßig" kam ich mir nämlich vor! Aber egal, das tat trotzdem gut, wie wenn jemand bei einer „gestandenen Frau" wie mir von „Mädel" spricht. Eben typisch Frau!

Ein wunderschöner Skitag ging zu Ende und es folgten weitere.

An unserem letzten Tag auf der Piste, es war kurz vor Weihnachten, änderte sich das Klientel auf den Hütten. Die Schönen und Reichen kamen und wir machten unsere Studien!

Wir hatten mittags in einer der schönsten Hütten des Skigebietes die besten Plätze erobert, denn wir waren rechtzeitig da.

Mit dem Rücken an der Hüttenwand auf warmen Schaffellen sitzend ging es uns wahnsinnig gut. Wir hatten die Aprés Ski Bar gut im Blick.

Dort saßen die Damen frisch gestylt, immer wieder den Lippenstift erneuernd, sogar die Haare „hatten sie schön". Wir dagegen sahen auf den Köpfen aus, als wären wir mit einem Topf auf dem Kopf in der Sauna gewesen.

Denn nach mehreren Abfahrten und dem Absetzen des Skihelmes sieht man eben so aus! Wie also waren diese Damen verdammt nochmal in diese Hütte gekommen? Sicher nicht per Ski!

Uns war das aber eigentlich egal, denn diese Klischee-Studien machten viel Spaß. Dazu kam noch, dass die Männer, alle älteren Semesters und in weißen Skianzügen, genauso auffällig waren. Verspiegelte Sonnenbrillen und die Bestellungen von Champagner machten unseren Eindruck von ihnen komplett.

Eine der Frauen hatte eine tolle schwarze Skihose mit unendlich vielen kleinen, weißen

Blümchen darauf an. Dazu eine weiße Jacke, wirklich schick.

Barbara und ich machten uns mal wieder die alten Gedanken, so eine tolle Hose hätten wir schon gern. Aber wie sollte denn das aussehen?

Bei uns würden aus den Gänseblümchen wohl Margeriten, aber dann so groß wie Sonnenblumen werden, schrecklich!

Wie immer trafen bei uns mehr Leute unserer Skitruppe ein und ein jeder brachte passende Kommentare mit. Schließlich hatten wir ein sehr gutes Mittagessen und passten uns dann der Situation voll an. Wir bestellten mehrere Aperol Spritz, und schüttelten unsere Haarmähnen, jedenfalls soweit möglich.

Meine Haare sind nur 1 bis 5 cm lang, ich war da schon im Nachteil. Es wurde sehr vergnügter Nachmittag auf der Hütte. Wir schickten unsere Männer wieder auf die Piste und beobachteten das weitere Vorgehen an der Bar. Dort wurden inzwischen schon die Magnum-Flaschen Champagner geöffnet – Party auf der Hütte!

Unser Weg führte nun nur bis zur Gondel, denn Skifahren und Alkohol überfordert mich dann doch!

Am nächsten Tag fuhren wir heimwärts. Nicht nur unsere Autobahnspur war voll, genauso sah es im Gegenverkehr aus. Dort sahen wir massenweise holländische Autos mit Weihnachts-bäumen auf den Dächern. Sie wollten weit von daheim das Weihnachtsfest in den Bergen verbringen.

...und wieder ist Februar

Angekommen in Schröcken ging es wieder auf die altbekannten Pisten. Unsere Männer wollten ja eigentlich das Skigebiet wechseln, weil sie keine neuen Herausforderungen mehr fanden.

Doch in dem Jahr war etwas neu, das Gebiet Warth/Schröcken wurde zusammengelegt mit Lech, Zürs, Stuben, St.Anton und St.Christoph, und damit zu einem gemeinsamen Skigebiet: Ski Arlberg.

In dem uns bekannten Gebiet gab es definitiv die schöneren Hütten, deshalb blieben wir auch gern auf den gewohnten wunderschönen Pisten. Aber wir fuhren schon aus Neugier mal in Richtung Lech und Zürs. Unsere Männer wechselten oft auf die andere Seite des Arlberg, sie genossen die Weite des Gebietes und die unbekannten Pisten.

Um auf die neuen Pisten zu kommen, mussten wir immer einen Hang bewältigen, der mir Probleme machte. Er war die einzige Zufahrt ins neue Gebiet, also war er schon am Vormittag sehr befahren.

Dadurch türmten sich große Haufen Schnee auf der Piste auf. Das verursachte bei mir schon

Alpträume, wenn ich nur daran dachte. Ich mag so etwas nicht und wahrscheinlich wird sich daran auch nichts ändern. Es ist sicher nicht nur Unvermögen, sondern auch eine Kopfsache.

Ich liebe gut präparierte Pisten bei Sonnenschein, ich bin eben ein "Schönwetterfahrer"!

Für uns stand es nun fest, es würden vorerst die letzten Tage in Schröcken sein. Wir sagten mit einem lachenden und einem weinenden Auge zu unseren Gastgebern in Schröcken, am Unterboden „Auf Wiedersehen".

Es war schön hier und wir werden sicher einmal wieder kommen. Wir würden vor allem den komfortablen Außen-Whirlpool vermissen!

Im Montafon mit Handicap....

Das Montafon hatten einige unserer Skifahrer schon vor Weihnachten einige Tage als neues Ziel getestet. Sie waren allesamt gute Fahrer und fanden das Skigebiet super. Also organisierte Olaf für den Februar ein Gästehaus für uns.

Unsere Gruppe wurde wieder um einige Leute ergänzt, so waren jetzt unsere Tochter Carolin mit Stefan und unserer kleinen Enkelin Anni dabei.

Außerdem noch Robert, der Sohn meiner Cousine, und seine Frau Ramona. Es ist ja nie verkehrt, wenn man eine eigene Physiotherapeutin in der Gruppe hat, und Ramona ist da super!

Ich war dieses Jahr nicht zum Skifahren mitgefahren und ich musste mich dieses mal nicht vor Verletzungen vorsehen, denn ich kam bereits mit einem Gips am Fuß an.

Ich hatte mit meinem Arzt und meinem Chef alles abgeklärt und durfte mich auch in der Ferne weiter kurieren. Das war toll!

Daheim wäre meine Versorgung ja nicht gesichert gewesen.

Der Unfall war im Urlaub mitten in Australien passiert. Beim Einsteigen ins Wohnmobil machte es in meinem rechten Fuß plötzlich „Knack". Ich wusste sofort, dass es etwas Ernstes war, entweder Fraktur oder Bänderriss.

Mein Mann, sowie Karin und Olaf, die mit uns in diesem herrlichen Urlaub waren, konnten es nicht fassen. Ich bin halt so ein „Bruchpilot". Dem ersten Schock folgte die Einsicht, dass es irgendwie positiv weitergehen musste. Auf diese Reise hatten wir uns alle wahnsinnig gefreut. Er war vor allem mein großer Lebenstraum.

Nach professioneller Erster Hilfe mit eisgekühlten Bierbüchsen, Medikamenten und Verbänden ging es mir auch ganz gut. Schließlich hatte ich ja eine fundierte veterinärmedizinische Vorbildung. Und Ahnung von Humanmedizin kam noch dazu!

Nach zwei Tagen konnte ich auch wieder etwas Laufen und sogar mit bandagiertem Fuß das Wohnmobil fahren. Trotz ständiger Hinweise von meinen Begleitern auf die Krankenhäuser während unserer Reise hielt ich gut durch. Diesen ereignisreichen Urlaub wollte ich mir auf keinen Fall durch Gips oder Krücken verderben. Beides bekam ich dann nach der Diagnose „Mittelfußfraktur" daheim.

Im Montafon staunte die Wirtin also nicht schlecht, dass hier schon jemand mit einem Gips und Krücken anreiste.

Ich verlebte also in unserer Ferienwohnung die Zeit mit meiner kleinen Enkelin Anni, sie war damals 5 Monate alt. Sie war sehr pflegeleicht, so dass ich meine Aufgabe als Babysitter trotz Handicap gut bewältigte.

Carolin und Stefan konnten also mit den anderen zum Skifahren gehen und den Schnee genießen. Mein Schwiegersohn ist zwar ein großer Sportler, Radfahren, Klettern und Laufen sind seine Welt. Nun wollte er es auch mit Skifahren probieren. Als Vorbereitung hatte er in Heubach im Thüringer Wald einen Skikurs gemacht.

Aber wurde für ihn nicht so einfach, wie gedacht. Die Pisten im Montafon waren teilweise sehr anspruchsvoll, so dass er am Nachmittag oft verschwitzt und total fertig bei mir in der Wohnung ankam. Doch inzwischen fährt Stefan wirklich schon gut, er lernte schnell.

Damals gab es wenig Schnee im Tal, also wurde überall auf den Pisten beschneit. Am Ende der Abfahrt direkt an der Gondel hatten sich die Betreiber aber etwas anderes ausgedacht. Sie legten dort weiße Filzmatten aus. Die aber

Aufgrund der Nässe von unten durchweichten und bald dreckig braun waren.

Die Mädels von unserer Truppe hatten sich in einer Hütte an der Gondel platziert und verfolgten die Ereignisse auf dem „weißen Teppich".Es war das blanke Chaos.

Alle Skifahrer kamen den Berg hinunter und wollten an der Gondel elegant mit einem Stemmbogen anhalten. Sie wussten nicht, dass dort kein Schnee lag, sondern ein Teppich. Und der stoppte die Leute! Viele von ihnen flogen plötzlich gebremst natürlich hin, sie hatten keine Chance sich zu halten. Weil der Teppich schließlich ein einziger Matsch war, sahen sie dementsprechend aus.

Barbara und Susan erlebten ein denkwürdiges Schauspiel.

Ich war gerne mit Anni daheim, doch mir fehlte das Zusammensein nach dem Skifahren beim Après Ski.

Die Hütte, bei der sich alle trafen, lag für Krücken leider unerreichbar weit entfernt. Dort war jeden Nachmittag die Hölle los, die Hütte quoll aus allen Nähten. Es gab wie immer Musik, Tanz und leckere Getränke.

Abends kochten wir dann aber alle zusammen und trafen uns bei uns zum Spielen. Das war dann wieder tröstend für mich.

Wenn wir abends zum Essen gingen, dann schlichen alle in Krückengeschwindigkeit mit mir zum Italiener gleich ums Eck. Alle Speisen waren sehr fein und wir genossen es, auch mal bedient zu werden.

Ich hatte also trotz Fußschaden Spaß.

Montafon 2. Anlauf.....

Im Folgejahr sollte es nochmals nach Schruns im Montafon gehen. Ich freute mich, nun auch dort die Skipisten zu erkunden.

Wieder in großer Truppe reisten alle an. Die Autos wurden ausgepackt, Skisachen in den Skikeller gebracht und dann die Kühlschränke bestückt. Wir waren super ausgerüstet und wahrscheinlich würde das Essen und Trinken wieder einmal für zwei Wochen reichen.

Ich hatte als Geburtstagsgeschenk für meinen Schwager Olaf etwas Besonderes geplant.

Für den 3.Tag in Schruns hatte ich eine morgendliche jungfräuliche Skifahrt auf frischen Pisten mit anschließendem Frühstück gebucht. Kurt, Karin und ich würden mitfahren! Große Vorfreude bei uns allen!

1.Skitag.

Früh ging es mit dem Skibus zur Gondel und dann hinauf auf den Berg. Und zwar so hoch hinauf, wie es nur ging. Wir fuhren mit mehreren Liften.

Ich sah die Pisten, sie waren ziemlich eng und es waren Massen von Leuten unterwegs. Das ist nicht so meine Welt. Irgendwie quälte mich bergab.

An einer breiten Piste wurde es dann besser und ich fühlte mich sofort wohler.

Nach nur einer Stunde auf der Piste passierte es dann, ich war an dem Hang noch gar nicht richtig losgefahren, da stürzte ich brutal. Nun war das ja nicht mein erster Sturz im Schnee, aber dieser war ganz anders. Ich flog langsam im hohen Bogen über meinen Stock. Das Ende des Stockes rammte ich mir dabei in die Schulter.

Dann lag ich dort mit wahnsinnigen Schmerzen in Oberarm. Meine Schulter sah irgendwie deformiert aus. Zum Glück waren aber Barbara, Susan und Nancy bei mir. Beide sind in medizinischen Berufen tätig und übernahmen gleich die Erste Hilfe. Das heißt, die Beruhigung!

Andere Leute telefonierten sofort ins Tal und informierten einen Pistenwart. Ich saß auf der Piste und hielt meinen rechten Arm. Ich hatte das Gefühl, er fällt sonst ab. Aufstehen ging gar nicht.

Barbara erzählte mir noch, ich hätte laut geschrien als ich stürzte.

Dann hielt der Pisten Bully neben mir und ein freundlicher Mann diagnostizierte nach einem einzigen Griff an meinen Oberarm sofort eine ausgekugelte Schulter. Dann fragte er auch noch, ob ich so etwas schon einmal gehabt hätte.

Neeeein! Und bitte auch nie wieder!

Irgendwie brachte mich der Mann dann doch hoch und auf sein Schneemobil, denn einen Hubschrauber wollte ich nicht. Barbara behauptete danach doch steif und fest, ich hätte in meinem Zustand mit dem Helfer geflirtet. An so etwas war bei meinen Schmerzen wirklich nicht zu denken!

Ich krallte mich an dem Mann fest und er fuhr in einem „Affenzahn" die Piste hinunter bis zur Gondel. Bloß nicht nochmal stürzen! Meine Skiausrüstung war mir total egal, aber darum kümmerten sich zum Glück Nancy und Susan.

Ich musste noch weiter bergab. In die Gondel wurde ich mit einem Rollstuhl hineingeschoben. Der Arbeiter an der Gondel sagte:

„ES IST EINE FRAU" und ab ging es. Bei einem Mann wären vermutlich zwei Krankenschwestern dazu gesetzt worden, garantiert! Ich konnte vor Schmerzen fast nicht mehr, mein Zustand verschlechterte sich und die Fahrt nahm kein Ende. Zusammengesunken in meinem Rollstuhl kam ich schließlich an.

Endlich unten im Tal angelangt nahmen mich zwei Rettungssanitäter in Empfang. Zu meiner Freude, auch wenn ich die grade nicht so zeigen konnte, stand meine gesamte Skitruppe und Familie ebenfalls dort.

Mit dem Krankenwagen, der auf mein Drängen immer schneller fahren musste, ging es Richtung Krankenhaus. Ich hatte noch kein Schmerzmittel bekommen und war kurz vor dem Durchdrehen! Als mich der Sanitäter in der Klinik in den Flur stellte, sagte ich voller Frust völlig aufgelöst:

„Wenn sie mich jetzt hier stehenlassen und das noch lange dauert, schreie ich ganz laut...!„

Was soll ich sagen, ich musste nicht schreien. Von freundlichen Krankenschwestern wurde ich gleich zum Röntgen gebracht und ausgezogen. Das war eine Qual.

Danach kam der Doktor und sagte ich solle mich bequem hinsetzen und den Arm über die Lehne legen. Ich wollte ihm gerade erklären, dass ich ein Schmerzmittel bräuchte, da nahm er meine Hand, zog daran und mit einem Ruck saß die Kugel wieder da wo sie hingehörte, in der Pfanne.

Ich war total geschockt, aber das Beste, der Schmerz war weg. Wenigstens vorübergehend.

Olaf und Kurt kamen schon gefahren und holten mich ab, ich war so dankbar! Mit Verband und Schmerzmitteln hatte ich nun wieder einmal Urlaub in unserer Unterkunft.

Die Wirtin war auch fassungslos. Ich hatte die Unfallstatistik ihres Hauses definitiv erhöht.

Am Abend konnte ich dank Schmerzmittel mit den anderen schon wieder lachen und spielen. Karin war total erstaunt, denn an der Talstation muss ich wohl wie eine Hundertjährige und total grau ausgesehen haben.

Jedenfalls ging es mir mit der Schulterverletzung im Urlaub nicht so schlecht. Ich konnte spazieren gehen und mich sogar nachmittags mit den andern beim Aprés Ski treffen.

Unser geplantes Highlight, die morgendliche Abfahrt konnte ich natürlich nicht mitmachen. Leider! Ich gab mein Ticket an Susan weiter und sie und die anderen hatten ein wirklich schönes Erlebnis.

Ich persönlich hatte mit dem Kapitel „Montafon" abgeschlossen, im Winter würde ich nicht wieder dorthin fahren. Für mich kam das dicke Ende dann daheim, lange Verbandszeit und Physiotherapie, verbunden mit starken Schmerzen.

Über meine Skifahrerzukunft musste ich nun ernsthaft nachdenken. Auf jeden Fall wusste ich, dass ich meine Skistöcke nie wieder am Handgelenk fest machen würde.

Ich fahre wieder Ski ...

Nach meinem Unfall kostete es mich große Überwindung, mich auf den nächsten Winterurlaub einzulassen. Ich hatte einfach Angst!

Also nahm ich mir vor, einige Testfahrten im Thüringer Wald zu absolvieren. Doch dazu kam dann nicht. 2018 gab es zu wenig Schnee bei uns.

Im Februar fuhren wir dann mit unserer Skitruppe gemeinsam nach Mittersill. Ich wollte es wagen...

Wir wohnten wieder bei Martina und Franz im „Alpenhof". Das war für mich wunderbar, denn hier wusste ich, wenn ich nicht mehr fahren wollte, hätte ich ein schönes „Zu Hause" mit guter Betreuung.

In dem Jahr waren nun auch das erste Mal unsere zwei Enkelchen mit beim Skifahren. Unsere Anni war total begeistert über den vielen Schnee. Wir waren die Schneemassen hier schon gewohnt. Nachdem wir früh aus dem Bett kamen stand sie schon am Fenster und rief:

„Oma schau mal, der Schnee ist immer noch da." Sie dachte, er müsste wie daheim gleich wieder wegtauen.

Was für ein Erlebnis! Auch Lina, mit ihren anderthalb Jahren krabbelte erfreut durch den Schnee.

Kurt und ich würden also nur einen halben Tag auf den Ski stehen, dann nahmen wir uns Zeit für die Kleinen.

Nun sollte es losgehen, ich bekam das große Flattern vor Angst schon am Lift. An der Resterhöhe ging es bergauf. Oben angekommen wusste ich nicht wohin mit meinen Ski, es ging gar nichts. Die ersten Meter waren die Hölle für mich. Immer wieder kam mir der Schmerz in meiner Schulter in den Sinn. Nur das nicht nochmal!

Als ich den ersten Hügel hinabgefahren war und mit dem Lift wieder hoch fasste ich schon wieder etwas mehr Mut. Während ich anfangs nur im Schneepflug gefahren war, gelangen mir dann wieder die ersten Kurven. War ich froh, ich hatte mich überwunden.

Ohne meinen Mann an der Seite hätte ich das Experiment jedoch nicht geschafft. Er blieb immer bei mir, obwohl das auf keinen Fall seine Fahrgeschwindigkeit war. So fuhren wir den ganzen Vormittag bis wir dann den Kinderdienst übernahmen. Hurra, Hurra, Hurra!

Ich war unsagbar stolz auf mich. Dabei ging es nicht nur darum zu Fahren, mein Kopfkino war ausgeschaltet worden. Ich freute mich jetzt wieder richtig auf die kommenden Tage.

Im Tal am Übungshang sahen wir dann, wie Carolin mit Anni gemeinsam den Hang hinab fuhr. Es machte unserer Enkelin Spaß.

Später ließen wir sie auch kleine Strecken allein fahren, sie wurde dann von uns gebremst. Vor allem war sie so stolz auf ihre geborgten Ski und den großen roten Helm.

Lina saß im Schlitten und ließ sich durch den hohen Schnee ziehen, auch ihr gefiel es. Nach einer Hütteneinkehr und leckerem Mittagessen fuhren wir in unsere gemütliche Unterkunft. Anni und Lina fielen erschöpft in ihre Betten.

Am Nachmittag gingen wir vors Haus. Wir schaufelten den Grill frei, denn am Abend sollte es die leckeren Thüringer Bratwürste geben, die wir importiert hatten.

Dann bauten wir, das heißt die Kinder und ich, einen wunderbaren Schneemann. Er wurde toll, nur die Möhre für die Nase hatten wir vergessen. Die Augen und der Mund waren aus Steinchen.

Auf dem Kopf hatte er eine grüne „Kleiner Feigling" Mütze, perfekt.

Unsere anderen Skifahrer kamen heim, die Vorbereitungen für den Grillabend konnten starten. Olaf und Franziska, die kleinere Tochter von Franz und Martina, waren die Grillmeister. Rainer machte seine Spezialsoße und einen leckeren Glühwein.

Danach kamen alle im Frühstücksraum zusammen und die Schlemmerei ging los. Besonders unsere Gastgeber freuten sich über die Würste. „Thüringer" sind halt doch die Besten!

Nun wurde erzählt. Das Fass selbstgebrautes Bier von Kurt war am Schluss fast alle, aber nicht schlimm, alle anderen hatten auch Bier mit.

Am nächsten Skitag fuhren wir wieder im Gebiet Resterhöhe Ski, es war herrlich. Die Pisten waren bestens präpariert und die Sonne schien. So machte mir das Fahren viel Spaß. Mittags übernahmen wir die Zeit mit den Kindern. Carolin und Stefan konnten so auch bei bestem Wetter noch einige Stunden auf den Pisten genießen.

Unsere andere Truppe hatte sich aufgemacht nach Kitzbühel. Sie wollten die „Streif" fahren, natürlich die „Familien-Streif", bei der normalen hätte es Verletzte gegeben! Sie wäre viel zu steil! Die Piste soll sehr schön gewesen sein.

Barbara wollte unbedingt mit. Um einen steilen Berg zu umgehen, musste sie jedoch einige Stationen mit dem Bus fahren.

Sie kam im Zentrum von Kitzbühel an. Doch von dort aus fuhr der Bus nicht weiter. Wie sollte sie nun zur Piste kommen?

Was für ein Pech, denn dort liefen die feinen Damen im Pelz zum Shoppen herum. Und Barbara in Skisachen mit ihren Ski und Skischuhen mittendrin.

Zwischen all den Reichen und Schönen mit ihren goldenen Kreditkarten stand nun Barbara mit ihren restlichen zwanzig Euro. Sie hatte nicht mehr mitgenommen, schließlich wollte sie ja nur Skifahren! Außerdem konnte sie sich so in kein Restaurant setzen, sie war verschwitzt und ihre Haare unter dem Helm sahen wieder schlimm aus.

Mit Helm hinsetzen ging auch nicht, und ob sie mit ihrem „Skipass" bezahlen konnte...? Also wartete sie auf den nächsten Bus nach Mittersill. Es dauerte lange. Daheim angekommen konnte sie uns aufklären über die Nobelgeschäfte für Mode und Schmuck – genau das richtige für Barbara!!!

Sie ist absolut kein „Schickimicki-Typ"!

Karin hatte auf der Piste eine andere Begegnung. Neben ihr fuhr im weißen Skianzug der bekannte Skiffahrer und Sänger Hansi Hinterseer bergab. Sie schaute dreimal hin, bis sie das glaubte. Nun fuhr sie schneller und wollte ihn eigentlich einholen, doch er wedelte ganz elegant vor ihr die Piste hinab ins Tal.

Wir hatten wieder genug Stoff zum Erzählen für den Abend.

So ein Winterurlaub wird nie langweilig!

Pizza und Pommes ....

„Pizza" und „Pommes" sind nicht immer das, was sie zu sein scheinen. Und in diesem Fall ganz bestimmt nichts zu essen.

Diese Worte stammten aus der Skischule von Anni, die sie im Jahr 2020 erstmals besuchte. Sie helfen den Kindern dabei zu lernen, wann sie ihre Ski im Schneepflug oder parallel halten sollten. Für die Kleinen ist das sehr verständlich. Obwohl sich Anni in der Skischule noch schwer tat, weil sie sich allein fühlte unter den fremden Kindern, hatte sie schon viel erreicht.

Sie konnte am leichten Berg auf Ansage bremsen oder „Pizza" machen.

Lina stand stolz auf ihren Rutschern und stapfte durch den Schnee. Sie beobachtete fasziniert, wie Katharina mit ihren Kindern den Berg hinabfuhr. Wir versprachen ihr, dass sie es im nächsten Jahr selbst versuchen dürfte.

Ich stellte mir gerade vor, wenn Barbara und ich uns damals in unseren Anfangszeiten noch „Pizza" oder „Pommes" auf der Piste zugerufen hätten... Dann wären die Skitage noch lustiger geworden, als sie es ohnehin schon waren.

Mein Ziel war es immer, einmal mit meinen Enkeln Ski zu fahren.

Ich denke, das wird in den nächsten Jahren sicher noch klappen Schließlich bin ich ja erst 61 Jahre alt, und dabei jung geblieben!

Die Ziele meines Skifahrens sind bis heute blaue und rote Pisten, die schwarzen Pisten werden mich wohl niemals sehen! Am Berg fahre ich aber sicher los, in der Vorfreude auf ein schönes Erlebnis, denn eines ist ganz sicher

„Runter kommt man immer..."

Meine Skifahrer Geschichten gehen nun zu Ende, auch wenn das Skifahren, das Lachen und die Gemeinschaft hoffentlich noch ganz lange bleiben werden.

Ich freue mich auf ein Treffen mit Ihnen auf einer Piste im Schnee!

Ihr „Schönwetterfahrer Silvia"

Ein DANKESCHÖN

an alle, die mir dabei halfen, mein Buch zu
schreiben.
Danke, dass ich Eure Namen verwenden und Eure
Geschichten erzählen durfte:
Meinem Mann Kurt, meiner Tochter Carolin,
Stefan, Anni, Lina, Olaf, Karin, Luisa, Rainer,
Kathleen, Barbara, Dieter, Susan, Marcus, Emelie,
Anke, Detlef, Claudia, Daniel, Erich, Hilde,
Harald, Dagmar, Peter, Katharina, Nancy, André,
Wilma, Ronny, Bruno, Robert, Ramona, Sigrid,
Thomas, Franz, Martina, Romana, Franziska,
Stefan, Michaela

Alpina Appartements
6888 Schröcken, Österreich

Alpenhof Apartments
5730 Mittersill, Österreich

Hotel Restaurant Bärenhof
94158 Phillipsreut

Sabine und Hella, danke für Korrekturen und die
Hilfe am PC

Zeitachse meiner Winterurlaubsaufenthalte:

1994	Riesengebirge		
1997	Riesengebirge		
1998	Riesengebirge		
2000	Harz		
2001	Inzell	+ Riesengebirge	
2002	Riesengebirge		
2003	Bayrischer Wald		
2004	Bayrischer Wald	+ Riesengebirge	
2005	Bayrischer Wald	+ Riesengebirge	
2006	Bayrischer Wald		
2007	Balderschwang	+ Sulden	
2008	Balderschwang		
2009	Gerlosplatte		
2010	Wart/Schröcken		
2011	Warth/Schöcken	+ Mittersill	+ Sölden
2012	Warth/Schröcken	+ Gerlosplatte	
2013	Warth/Schröcken	+ Mittersill	
2014	Warth/Schröcken		
2015	Warth/Schröcken		
2016	Gerlosplatte	+ Montafon	
2017	Montafon		
2018	Mittersill		
2019	Mittersill		
2020	Mittersill		

Zeitfracht Medien GmbH
Ferdinand-Jühlke-Straße 7
99095 Erfurt, Deutschland
produktsicherheit@kolibri360.de